TERRIFYING

"Relentlessly terrifying from beginning to end".

TERRIFYING

by Eilidh McDonough
& Malcolm McDonough

Terrifying

Published 2011

ISBN 978-1-4477-7663-5

Dedicated to anyone brave enough to read every terrifying word.

CONTENTS

1. Terrifying

Terrifying terrifying terrifying. Terrifying terrifying. Terrifying terrifying terrifying terrifying terrifying terrifying, terrifying terrifying terrifying. Terrifying terrifying terrifying terrifying terrifying, terrifying.

Terrifying terrifying terrifying terrifying terrifying terrifying terrifying terrifying.

Terrifying terrifying terrifying terrifying terrifying terrifying. Terrifying terrifying terrifying terrifying terrifying terrifying, terrifying terrifying terrifying terrifying?

"Terrifying terrifying terrifying", terrifying terrifying.

"Terrifying terrifying terrifying", terrifying terrifying. "Terrifying terrifying terrifying terrifying terrifying terrifying terrifying terrifying."

Terrifying terrifying terrifying terrifying terrifying terrifying terrifying terrifying terrifying terrifying. Terrifying terrifying terrifying. Terrifying terrifying. Terrifying terrifying terrifying terrifying terrifying terrifying, terrifying terrifying terrifying. Terrifying terrifying terrifying terrifying terrifying, terrifying.

"Terrifying!" terrifying terrifying. Terrifying terrifying. Terrifying terrifying terrifying terrifying terrifying terrifying, terrifying terrifying terrifying.

Terrifying terrifying terrifying terrifying terrifying, terrifying terrifying. Terrifying terrifying terrifying terrifying terrifying terrifying, terrifying terrifying terrifying. Terrifying terrifying terrifying. Terrifying terrifying terrifying terrifying terrifying, terrifying.

Terrifying terrifying terrifying terrifying terrifying terrifying terrifying terrifying terrifying. Terrifying terrifying. Terrifying terrifying. Terrifying terrifying terrifying terrifying terrifying terrifying, terrifying terrifying terrifying terrifying. Terrifying terrifying terrifying terrifying, terrifying

terrifying. Terrifying terrifying. Terrifying terrifying terrifying terrifying terrifying terrifying, terrifying.

Terrifying terrifying terrifying terrifying terrifying; terrifying terrifying terrifying terrifying terrifying. Terrifying terrifying. Terrifying. Terrifying terrifying terrifying terrifying terrifying terrifying, terrifying terrifying terrifying terrifying. Terrifying terrifying terrifying terrifying, terrifying terrifying. Terrifying terrifying. Terrifying terrifying terrifying terrifying terrifying terrifying, terrifying.

Terrifying terrifying terrifying terrifying terrifying terrifying terrifying terrifying terrifying. Terrifying?

Terrifying terrifying terrifying. Terrifying terrifying terrifying terrifying terrifying terrifying, terrifying terrifying terrifying. Terrifying terrifying terrifying terrifying terrifying, terrifying.

Terrifying terrifying terrifying terrifying terrifying terrifying. Terrifying terrifying terrifying terrifying terrifying terrifying, terrifying terrifying terrifying terrifying?

"Terrifying terrifying terrifying terrifying terrifying", terrifying terrifying.

"Terrifying terrifying terrifying", terrifying terrifying. "Terrifying terrifying terrifying terrifying terrifying terrifying terrifying terrifying."

Terrifying terrifying terrifying terrifying terrifying terrifying terrifying terrifying. Terrifying terrifying terrifying. Terrifying terrifying. Terrifying terrifying terrifying terrifying terrifying terrifying, terrifying terrifying terrifying. Terrifying terrifying terrifying terrifying terrifying, terrifying.

"Terrifying?" terrifying terrifying. (Terrifying terrifying.) Terrifying terrifying terrifying terrifying terrifying terrifying, terrifying terrifying terrifying.

Terrifying - terrifying terrifying terrifying terrifying, terrifying terrifying. Terrifying terrifying terrifying terrifying terrifying terrifying, terrifying terrifying terrifying. Terrifying terrifying…terrifying. Terrifying terrifying terrifying terrifying terrifying, terrifying.

Terrifying terrifying terrifying terrifying terrifying terrifying terrifying terrifying terrifying. Terrifying terrifying. Terrifying terrifying. Terrifying terrifying terrifying terrifying terrifying terrifying, terrifying terrifying terrifying terrifying. Terrifying terrifying terrifying terrifying, terrifying terrifying. Terrifying terrifying. Terrifying terrifying terrifying terrifying terrifying terrifying, terrifying.

Terrifying terrifying terrifying terrifying terrifying; terrifying terrifying terrifying terrifying terrifying. Terrifying terrifying. Terrifying! Terrifying! Terrifying terrifying terrifying terrifying terrifying terrifying, terrifying terrifying terrifying terrifying. Terrifying terrifying terrifying terrifying, terrifying terrifying. Terrifying terrifying. Terrifying terrifying terrifying terrifying terrifying, terrifying.

Terrifying terrifying terrifying terrifying terrifying terrifying terrifying terrifying terrifying. Terrifying terrifying terrifying.

Terrifying terrifying. "Terrifying terrifying terrifying terrifying terrifying terrifying, terrifying terrifying terrifying".

Terrifying terrifying terrifying. Terrifying terrifying terrifying terrifying terrifying terrifying, terrifying.

Terrifying terrifying terrifying terrifying terrifying terrifying terrifying terrifying terrifying. Terrifying. Terrifying terrifying.

Terrifying terrifying terrifying terrifying terrifying terrifying terrifying terrifying. Terrifying terrifying terrifying. Terrifying terrifying terrifying. Terrifying terrifying terrifying terrifying terrifying terrifying, terrifying terrifying terrifying terrifying terrifying terrifying terrifying terrifying terrifying, terrifying terrifying terrifying terrifying. Terrifying

terrifying terrifying. Terrifying terrifying terrifying terrifying terrifying terrifying.

"Terrifying terrifying terrifying terrifying", terrifying terrifying. "Terrifying terrifying terrifying terrifying terrifying terrifying terrifying."

"Terrifying terrifying terrifying terrifying", terrifying terrifying terrifying.

Terrifying terrifying terrifying. TERRIFYING TERRIFYING TERRIFYING TERRIFYING. Terrifying terrifying terrifying terrifying terrifying terrifying terrifying, terrifying terrifying terrifying. Terrifying terrifying terrifying terrifying terrifying, terrifying.

Terrifying terrifying terrifying terrifying terrifying terrifying terrifying terrifying.

Terrifying terrifying terrifying terrifying. Terrifying terrifying terrifying terrifying terrifying terrifying, terrifying terrifying terrifying terrifying?

"Terrifying terrifying terrifying", terrifying terrifying. "Terrifying terrifying terrifying terrifying terrifying terrifying terrifying terrifying."

Terrifying terrifying terrifying terrifying terrifying terrifying terrifying terrifying terrifying terrifying terrifying.

Terrifying terrifying terrifying. Terrifying terrifying. Terrifying terrifying terrifying terrifying terrifying terrifying, terrifying terrifying terrifying. Terrifying terrifying terrifying terrifying terrifying, terrifying.

"Terrifying!" terrifying terrifying. Terrifying terrifying. Terrifying terrifying terrifying terrifying terrifying terrifying, terrifying terrifying terrifying.

Terrifying terrifying terrifying terrifying, terrifying terrifying. Terrifying terrifying terrifying terrifying terrifying terrifying, terrifying terrifying

terrifying. Terrifying terrifying terrifying. Terrifying terrifying terrifying terrifying terrifying, terrifying.

Terrifying terrifying terrifying terrifying terrifying terrifying terrifying terrifying terrifying. Terrifying terrifying. Terrifying terrifying.

Terrifying terrifying terrifying terrifying terrifying terrifying, terrifying terrifying terrifying terrifying. Terrifying terrifying terrifying terrifying, terrifying terrifying. Terrifying terrifying. Terrifying terrifying terrifying terrifying terrifying terrifying, terrifying.

Terrifying terrifying terrifying. Terrifying terrifying. Terrifying terrifying terrifying terrifying terrifying terrifying, terrifying terrifying terrifying. Terrifying terrifying terrifying terrifying terrifying, terrifying.

Terrifying terrifying terrifying terrifying terrifying terrifying terrifying terrifying.

Terrifying terrifying terrifying terrifying terrifying terrifying. Terrifying terrifying terrifying terrifying terrifying terrifying, terrifying terrifying terrifying terrifying?

"Terrifying terrifying terrifying", terrifying terrifying.

"Terrifying terrifying terrifying", terrifying terrifying. "Terrifying terrifying terrifying terrifying terrifying terrifying terrifying terrifying."

Terrifying terrifying terrifying terrifying terrifying terrifying terrifying terrifying terrifying terrifying. Terrifying terrifying terrifying. Terrifying terrifying. Terrifying terrifying terrifying terrifying terrifying terrifying, terrifying terrifying terrifying. Terrifying terrifying terrifying terrifying terrifying, terrifying.

"Terrifying!" terrifying terrifying. Terrifying terrifying. Terrifying terrifying terrifying terrifying terrifying terrifying, terrifying terrifying terrifying.

Terrifying terrifying terrifying terrifying terrifying, terrifying terrifying. Terrifying terrifying terrifying terrifying terrifying terrifying, terrifying terrifying terrifying. Terrifying terrifying terrifying. Terrifying terrifying terrifying terrifying terrifying, terrifying.

Terrifying terrifying terrifying terrifying terrifying terrifying terrifying terrifying terrifying. Terrifying terrifying. Terrifying terrifying. Terrifying terrifying terrifying terrifying terrifying, terrifying terrifying terrifying terrifying. Terrifying terrifying terrifying terrifying, terrifying terrifying. Terrifying terrifying. Terrifying terrifying terrifying terrifying terrifying terrifying, terrifying.

Terrifying terrifying terrifying terrifying terrifying; terrifying terrifying terrifying terrifying terrifying. Terrifying terrifying. Terrifying. Terrifying terrifying terrifying terrifying terrifying terrifying, terrifying terrifying terrifying terrifying. Terrifying terrifying terrifying terrifying, terrifying terrifying. Terrifying terrifying. Terrifying terrifying terrifying terrifying terrifying terrifying, terrifying.

Terrifying terrifying terrifying terrifying terrifying terrifying terrifying terrifying terrifying. Terrifying?

Terrifying terrifying terrifying. Terrifying terrifying terrifying terrifying terrifying terrifying, terrifying terrifying terrifying. Terrifying terrifying terrifying terrifying terrifying, terrifying.

Terrifying terrifying terrifying terrifying terrifying terrifying. Terrifying terrifying terrifying terrifying terrifying terrifying, terrifying terrifying terrifying terrifying?

"Terrifying terrifying terrifying terrifying terrifying", terrifying terrifying.

"Terrifying terrifying terrifying", terrifying terrifying. "Terrifying terrifying terrifying terrifying terrifying terrifying terrifying terrifying."

Terrifying terrifying terrifying terrifying terrifying terrifying terrifying terrifying. Terrifying terrifying terrifying. Terrifying terrifying. Terrifying terrifying terrifying terrifying terrifying terrifying, terrifying terrifying terrifying. Terrifying terrifying terrifying terrifying terrifying, terrifying.

"Terrifying?" terrifying terrifying. (Terrifying terrifying.) Terrifying terrifying terrifying terrifying terrifying terrifying, terrifying terrifying terrifying.

Terrifying - terrifying terrifying terrifying terrifying, terrifying terrifying. Terrifying terrifying terrifying terrifying terrifying terrifying, terrifying terrifying terrifying. Terrifying terrifying...terrifying. Terrifying terrifying terrifying terrifying terrifying, terrifying.

Terrifying terrifying terrifying terrifying terrifying terrifying terrifying terrifying terrifying. Terrifying terrifying. Terrifying terrifying. Terrifying terrifying terrifying terrifying terrifying terrifying, terrifying terrifying terrifying terrifying. Terrifying terrifying terrifying terrifying, terrifying terrifying. Terrifying terrifying. Terrifying terrifying terrifying terrifying terrifying terrifying, terrifying.

Terrifying terrifying terrifying terrifying terrifying; terrifying terrifying terrifying terrifying terrifying. Terrifying terrifying. Terrifying terrifying terrifying terrifying terrifying terrifying, terrifying terrifying terrifying terrifying. Terrifying terrifying terrifying terrifying, terrifying terrifying. Terrifying terrifying. Terrifying terrifying terrifying terrifying terrifying, terrifying.

Terrifying terrifying terrifying terrifying terrifying terrifying terrifying terrifying terrifying. Terrifying terrifying terrifying. Terrifying!

Terrifying terrifying terrifying. Terrifying terrifying terrifying terrifying terrifying terrifying, terrifying.

Terrifying terrifying terrifying terrifying terrifying terrifying terrifying terrifying terrifying. Terrifying. Terrifying terrifying.

Terrifying terrifying terrifying terrifying terrifying terrifying terrifying terrifying. Terrifying terrifying. Terrifying terrifying terrifying. Terrifying terrifying terrifying terrifying terrifying terrifying, terrifying terrifying terrifying terrifying terrifying terrifying terrifying terrifying terrifying terrifying, terrifying terrifying terrifying terrifying. Terrifying terrifying terrifying. Terrifying terrifying terrifying terrifying terrifying terrifying terrifying.

"Terrifying terrifying terrifying terrifying", terrifying terrifying. "Terrifying terrifying terrifying terrifying terrifying terrifying terrifying."

"Terrifying terrifying terrifying terrifying", terrifying terrifying terrifying.

Terrifying terrifying terrifying terrifying terrifying terrifying, terrifying terrifying terrifying terrifying. Terrifying terrifying terrifying terrifying, terrifying terrifying. Terrifying terrifying. Terrifying terrifying terrifying terrifying terrifying terrifying, terrifying.

Terrifying, terrifying terrifying, "TERRIFYING TERRIFYING TERRIFYING!" Terrifying terrifying terrifying terrifying terrifying terrifying terrifying terrifying terrifying, terrifying terrifying terrifying. Terrifying terrifying terrifying, terrifying.

Terrifying terrifying terrifying terrifying terrifying terrifying terrifying terrifying.

Terrifying terrifying terrifying terrifying. Terrifying terrifying terrifying terrifying terrifying terrifying, terrifying terrifying terrifying terrifying?

"Terrifying terrifying terrifying", terrifying terrifying. "Terrifying terrifying terrifying terrifying terrifying terrifying terrifying terrifying."

Terrifying terrifying terrifying terrifying terrifying terrifying terrifying terrifying terrifying terrifying terrifying.

Terrifying terrifying terrifying. Terrifying terrifying. Terrifying terrifying terrifying terrifying terrifying terrifying, terrifying terrifying terrifying. Terrifying terrifying terrifying terrifying terrifying, terrifying.

"Terrifying!" terrifying terrifying. Terrifying terrifying. Terrifying terrifying terrifying terrifying terrifying terrifying, terrifying terrifying terrifying.

Terrifying terrifying terrifying terrifying, terrifying terrifying. Terrifying terrifying terrifying terrifying terrifying terrifying, terrifying terrifying terrifying. Terrifying terrifying terrifying. Terrifying terrifying terrifying terrifying terrifying, terrifying.

Terrifying terrifying terrifying terrifying terrifying terrifying terrifying terrifying terrifying. Terrifying terrifying. Terrifying terrifying.

Terrifying terrifying terrifying terrifying terrifying terrifying terrifying terrifying. Terrifying terrifying. Terrifying terrifying terrifying. Terrifying terrifying terrifying terrifying terrifying terrifying, terrifying terrifying terrifying terrifying terrifying terrifying terrifying terrifying terrifying, terrifying terrifying terrifying terrifying. Terrifying terrifying terrifying. Terrifying terrifying terrifying terrifying terrifying terrifying terrifying.

"Terrifying terrifying terrifying terrifying", terrifying terrifying. "Terrifying terrifying terrifying terrifying terrifying terrifying terrifying."

"Terrifying terrifying terrifying terrifying", terrifying terrifying terrifying.

Terrifying terrifying terrifying terrifying terrifying terrifying, terrifying terrifying terrifying terrifying. Terrifying terrifying terrifying terrifying, terrifying terrifying. Terrifying terrifying. Terrifying terrifying terrifying terrifying terrifying terrifying, terrifying.

Terrifying terrifying terrifying terrifying terrifying terrifying terrifying terrifying.

Terrifying terrifying terrifying terrifying. Terrifying terrifying terrifying terrifying terrifying terrifying, terrifying terrifying terrifying terrifying?

"Terrifying?" terrifying terrifying. "Terrifying terrifying terrifying terrifying terrifying terrifying terrifying terrifying terrifying terrifying?" Terrifying, terrifying terrifying. Terrifying terrifying terrifying terrifying terrifying terrifying terrifying terrifying terrifying, terrifying terrifying terrifying. Terrifying terrifying terrifying, terrifying.

Terrifying - terrifying terrifying terrifying terrifying, terrifying terrifying. Terrifying terrifying terrifying terrifying terrifying terrifying, terrifying terrifying terrifying. Terrifying terrifying…terrifying. Terrifying terrifying terrifying terrifying terrifying, terrifying.

Terrifying terrifying terrifying terrifying terrifying terrifying terrifying terrifying terrifying. Terrifying terrifying. Terrifying terrifying. Terrifying terrifying terrifying terrifying terrifying terrifying, terrifying terrifying terrifying terrifying. Terrifying terrifying terrifying terrifying, terrifying terrifying. Terrifying terrifying. Terrifying terrifying terrifying terrifying terrifying terrifying, terrifying.

Terrifying terrifying terrifying terrifying terrifying; terrifying terrifying terrifying terrifying terrifying. Terrifying terrifying. Terrifying terrifying terrifying terrifying terrifying terrifying, terrifying terrifying terrifying terrifying. Terrifying terrifying terrifying terrifying terrifying, terrifying terrifying. Terrifying terrifying. Terrifying terrifying terrifying terrifying terrifying, terrifying.

Terrifying terrifying terrifying terrifying terrifying terrifying terrifying terrifying terrifying. Terrifying terrifying terrifying. Terrifying!

Terrifying terrifying terrifying. Terrifying terrifying terrifying terrifying terrifying terrifying, terrifying.

Terrifying terrifying terrifying terrifying terrifying terrifying terrifying terrifying terrifying. Terrifying. Terrifying terrifying.

Terrifying terrifying terrifying terrifying terrifying terrifying terrifying terrifying. Terrifying terrifying. Terrifying terrifying terrifying. Terrifying terrifying terrifying terrifying terrifying terrifying, terrifying terrifying terrifying terrifying terrifying terrifying terrifying terrifying terrifying terrifying, terrifying terrifying terrifying terrifying. Terrifying terrifying terrifying. Terrifying terrifying terrifying terrifying terrifying terrifying terrifying.

"Terrifying terrifying terrifying terrifying", terrifying terrifying. "Terrifying terrifying terrifying terrifying terrifying terrifying terrifying."

Terrifying terrifying terrifying terrifying, terrifying terrifying terrifying terrifying.

Terrifying terrifying terrifying terrifying terrifying terrifying, terrifying terrifying terrifying. Terrifying terrifying terrifying terrifying, terrifying terrifying. Terrifying terrifying. Terrifying terrifying terrifying terrifying terrifying terrifying, terrifying.

Terrifying terrifying terrifying. Terrifying terrifying terrifying terrifying terrifying terrifying, terrifying.

Terrifying terrifying terrifying terrifying terrifying terrifying terrifying terrifying terrifying. Terrifying. Terrifying terrifying.

Terrifying terrifying terrifying terrifying terrifying terrifying terrifying terrifying. Terrifying terrifying terrifying. Terrifying terrifying terrifying. Terrifying terrifying terrifying terrifying terrifying terrifying, terrifying terrifying terrifying terrifying terrifying terrifying terrifying terrifying terrifying, terrifying terrifying terrifying terrifying. Terrifying terrifying terrifying. Terrifying terrifying terrifying terrifying terrifying terrifying.

"Terrifying terrifying terrifying terrifying", terrifying terrifying. "Terrifying terrifying terrifying terrifying terrifying terrifying terrifying."

"Terrifying terrifying terrifying terrifying", terrifying terrifying terrifying.

Terrifying terrifying terrifying. TERRIFYING TERRIFYING. Terrifying terrifying terrifying terrifying terrifying terrifying terrifying, terrifying terrifying terrifying. Terrifying terrifying terrifying terrifying terrifying, terrifying.

Terrifying terrifying terrifying terrifying terrifying terrifying terrifying terrifying.

Terrifying terrifying terrifying terrifying. Terrifying terrifying terrifying terrifying terrifying terrifying, terrifying terrifying terrifying terrifying?

"Terrifying terrifying terrifying", terrifying terrifying. "Terrifying terrifying terrifying terrifying terrifying terrifying terrifying terrifying."

Terrifying terrifying terrifying terrifying terrifying terrifying terrifying terrifying terrifying terrifying terrifying.

Terrifying terrifying terrifying. Terrifying terrifying. Terrifying terrifying terrifying terrifying terrifying terrifying, terrifying terrifying terrifying. Terrifying terrifying terrifying terrifying terrifying, terrifying.

"Terrifying!" terrifying terrifying. Terrifying terrifying. Terrifying terrifying terrifying terrifying terrifying terrifying, terrifying terrifying terrifying.

Terrifying terrifying terrifying terrifying, terrifying terrifying. Terrifying terrifying terrifying terrifying terrifying terrifying, terrifying terrifying terrifying. Terrifying terrifying terrifying. Terrifying terrifying terrifying terrifying terrifying, terrifying.

2. Terrifying

Terrifying terrifying terrifying terrifying terrifying terrifying terrifying terrifying terrifying. Terrifying terrifying. Terrifying terrifying.

Terrifying terrifying terrifying terrifying terrifying terrifying, terrifying terrifying terrifying terrifying. Terrifying terrifying terrifying terrifying, terrifying terrifying. Terrifying terrifying. Terrifying terrifying terrifying terrifying terrifying terrifying, terrifying.

Terrifying terrifying terrifying. Terrifying terrifying. Terrifying terrifying terrifying terrifying terrifying terrifying, terrifying terrifying terrifying. Terrifying terrifying terrifying terrifying terrifying, terrifying.

Terrifying terrifying terrifying terrifying terrifying terrifying terrifying terrifying.

Terrifying terrifying terrifying terrifying terrifying terrifying. Terrifying terrifying terrifying terrifying terrifying terrifying, terrifying terrifying terrifying terrifying?

"Terrifying terrifying terrifying", terrifying terrifying.

"Terrifying terrifying terrifying", terrifying terrifying. "Terrifying terrifying terrifying terrifying terrifying terrifying terrifying terrifying."

Terrifying terrifying terrifying terrifying terrifying terrifying terrifying terrifying terrifying terrifying. Terrifying terrifying terrifying. Terrifying terrifying. Terrifying terrifying terrifying terrifying terrifying terrifying, terrifying terrifying terrifying. Terrifying terrifying terrifying terrifying terrifying, terrifying.

"Terrifying!" terrifying terrifying. Terrifying terrifying. Terrifying terrifying terrifying terrifying terrifying terrifying, terrifying terrifying terrifying.

Terrifying terrifying terrifying terrifying terrifying, terrifying terrifying. Terrifying terrifying terrifying terrifying terrifying terrifying, terrifying terrifying terrifying. Terrifying terrifying terrifying. Terrifying terrifying terrifying terrifying terrifying, terrifying.

Terrifying terrifying terrifying terrifying terrifying terrifying terrifying terrifying terrifying. Terrifying terrifying. Terrifying terrifying. Terrifying terrifying terrifying terrifying terrifying, terrifying terrifying terrifying terrifying. Terrifying terrifying terrifying terrifying, terrifying terrifying. Terrifying terrifying. Terrifying terrifying terrifying terrifying terrifying terrifying, terrifying.

Terrifying terrifying terrifying terrifying terrifying; terrifying terrifying terrifying terrifying terrifying. Terrifying terrifying. Terrifying. Terrifying terrifying terrifying terrifying terrifying terrifying, terrifying terrifying terrifying terrifying. Terrifying terrifying terrifying terrifying, terrifying terrifying. Terrifying terrifying. Terrifying terrifying terrifying terrifying terrifying terrifying, terrifying.

Terrifying terrifying terrifying terrifying terrifying terrifying terrifying terrifying terrifying. Terrifying?

Terrifying terrifying terrifying. Terrifying terrifying terrifying terrifying terrifying terrifying, terrifying terrifying terrifying. Terrifying terrifying terrifying terrifying terrifying, terrifying.

Terrifying terrifying terrifying terrifying terrifying terrifying. Terrifying terrifying terrifying terrifying terrifying terrifying, terrifying terrifying terrifying terrifying?

"Terrifying terrifying terrifying terrifying terrifying", terrifying terrifying.

"Terrifying terrifying terrifying", terrifying terrifying. "Terrifying terrifying terrifying terrifying terrifying terrifying terrifying terrifying."

Terrifying terrifying terrifying terrifying terrifying terrifying terrifying terrifying. Terrifying terrifying terrifying. Terrifying terrifying. Terrifying

terrifying terrifying terrifying terrifying terrifying, terrifying terrifying terrifying. Terrifying terrifying terrifying terrifying terrifying, terrifying.

"Terrifying?" terrifying terrifying. (Terrifying terrifying.) Terrifying terrifying terrifying terrifying terrifying terrifying, terrifying terrifying terrifying.

Terrifying - terrifying terrifying terrifying terrifying, terrifying terrifying. Terrifying terrifying terrifying terrifying terrifying terrifying, terrifying terrifying terrifying. Terrifying terrifying...terrifying. Terrifying terrifying terrifying terrifying terrifying, terrifying.

Terrifying terrifying terrifying terrifying terrifying terrifying terrifying terrifying terrifying. Terrifying terrifying. Terrifying terrifying. Terrifying terrifying terrifying terrifying terrifying terrifying, terrifying terrifying terrifying terrifying. Terrifying terrifying terrifying terrifying, terrifying terrifying. Terrifying terrifying. Terrifying terrifying terrifying terrifying terrifying terrifying, terrifying.

Terrifying terrifying terrifying terrifying terrifying; terrifying terrifying terrifying terrifying terrifying. Terrifying terrifying. Terrifying terrifying terrifying terrifying terrifying terrifying, terrifying terrifying terrifying terrifying. Terrifying terrifying terrifying terrifying, terrifying terrifying. Terrifying terrifying. Terrifying terrifying terrifying terrifying terrifying, terrifying.

Terrifying terrifying terrifying terrifying terrifying terrifying terrifying terrifying terrifying. Terrifying terrifying terrifying. Terrifying!

Terrifying terrifying terrifying. Terrifying terrifying terrifying terrifying terrifying terrifying, terrifying.

Terrifying terrifying terrifying terrifying terrifying terrifying terrifying terrifying terrifying. Terrifying. Terrifying terrifying.

Terrifying terrifying terrifying terrifying terrifying terrifying terrifying terrifying. Terrifying terrifying. Terrifying terrifying terrifying. Terrifying

terrifying terrifying terrifying terrifying terrifying, terrifying terrifying terrifying terrifying terrifying terrifying terrifying terrifying terrifying terrifying, terrifying terrifying terrifying terrifying. Terrifying terrifying terrifying. Terrifying terrifying terrifying terrifying terrifying terrifying terrifying.

"Terrifying terrifying terrifying terrifying", terrifying terrifying. "Terrifying terrifying terrifying terrifying terrifying terrifying terrifying."

"Terrifying terrifying terrifying terrifying", terrifying terrifying terrifying.

Terrifying terrifying terrifying terrifying terrifying terrifying, terrifying terrifying terrifying terrifying. Terrifying terrifying terrifying terrifying, terrifying terrifying. Terrifying terrifying. Terrifying terrifying terrifying terrifying terrifying terrifying, terrifying.

Terrifying, terrifying terrifying, "TERRIFYING TERRIFYING TERRIFYING TERRIFYING TERRIFYING TERRIFYING TERRIFYING!" Terrifying terrifying terrifying terrifying terrifying terrifying terrifying terrifying terrifying, terrifying terrifying terrifying. Terrifying terrifying terrifying, terrifying.

Terrifying terrifying terrifying terrifying terrifying terrifying terrifying terrifying.

Terrifying terrifying terrifying terrifying. Terrifying terrifying terrifying terrifying terrifying terrifying, terrifying terrifying terrifying terrifying?

"Terrifying terrifying terrifying", terrifying terrifying. "Terrifying terrifying terrifying terrifying terrifying terrifying terrifying terrifying."

Terrifying terrifying terrifying terrifying terrifying terrifying terrifying terrifying terrifying terrifying terrifying.

Terrifying terrifying terrifying. Terrifying terrifying. Terrifying terrifying terrifying terrifying terrifying terrifying, terrifying terrifying terrifying. Terrifying terrifying terrifying terrifying terrifying, terrifying.

"Terrifying!" terrifying terrifying. Terrifying terrifying. Terrifying terrifying terrifying terrifying terrifying terrifying, terrifying terrifying terrifying.

Terrifying terrifying terrifying terrifying, terrifying terrifying. Terrifying terrifying terrifying terrifying terrifying terrifying, terrifying terrifying terrifying. Terrifying terrifying terrifying. Terrifying terrifying terrifying terrifying terrifying, terrifying.

Terrifying terrifying terrifying terrifying terrifying terrifying terrifying terrifying terrifying. Terrifying terrifying. Terrifying terrifying.

Terrifying terrifying terrifying terrifying terrifying terrifying terrifying terrifying. Terrifying terrifying. Terrifying terrifying terrifying. Terrifying terrifying terrifying terrifying terrifying terrifying, terrifying terrifying terrifying terrifying terrifying terrifying terrifying terrifying, terrifying terrifying terrifying terrifying terrifying. Terrifying terrifying terrifying. Terrifying terrifying terrifying terrifying terrifying terrifying terrifying.

"Terrifying terrifying terrifying terrifying", terrifying terrifying. "Terrifying terrifying terrifying terrifying terrifying terrifying terrifying."

"Terrifying terrifying terrifying terrifying", terrifying terrifying terrifying.

Terrifying terrifying terrifying terrifying terrifying terrifying, terrifying terrifying terrifying terrifying. Terrifying terrifying terrifying terrifying, terrifying terrifying. Terrifying terrifying. Terrifying terrifying terrifying terrifying terrifying terrifying, terrifying.

Terrifying terrifying terrifying terrifying terrifying terrifying terrifying terrifying.

Terrifying terrifying terrifying terrifying. Terrifying terrifying terrifying terrifying terrifying terrifying, terrifying terrifying terrifying terrifying?

"Terrifying?" terrifying terrifying. "Terrifying terrifying terrifying terrifying terrifying terrifying terrifying terrifying terrifying terrifying?" Terrifying, terrifying terrifying. Terrifying terrifying terrifying terrifying terrifying terrifying terrifying terrifying terrifying, terrifying terrifying terrifying. Terrifying terrifying terrifying, terrifying.

Terrifying - terrifying terrifying terrifying terrifying, terrifying terrifying. Terrifying terrifying terrifying terrifying terrifying terrifying, terrifying terrifying terrifying. Terrifying terrifying…terrifying. Terrifying terrifying terrifying terrifying terrifying, terrifying.

Terrifying terrifying terrifying terrifying terrifying terrifying terrifying terrifying terrifying. Terrifying terrifying. Terrifying terrifying. Terrifying terrifying terrifying terrifying terrifying terrifying, terrifying terrifying terrifying terrifying. Terrifying terrifying terrifying terrifying, terrifying terrifying. Terrifying terrifying. Terrifying terrifying terrifying terrifying terrifying terrifying, terrifying.

Terrifying terrifying terrifying terrifying terrifying; terrifying terrifying terrifying terrifying terrifying. Terrifying terrifying. Terrifying terrifying terrifying terrifying terrifying terrifying, terrifying terrifying terrifying terrifying. Terrifying terrifying terrifying terrifying terrifying, terrifying terrifying. Terrifying terrifying. Terrifying terrifying terrifying terrifying terrifying, terrifying.

Terrifying terrifying terrifying terrifying terrifying terrifying terrifying terrifying terrifying. Terrifying terrifying terrifying. Terrifying!

Terrifying terrifying terrifying. Terrifying terrifying terrifying terrifying terrifying terrifying, terrifying.

Terrifying terrifying terrifying terrifying terrifying terrifying terrifying terrifying terrifying. Terrifying. Terrifying terrifying.

Terrifying terrifying terrifying terrifying terrifying terrifying terrifying terrifying. Terrifying terrifying. Terrifying terrifying terrifying. Terrifying terrifying terrifying terrifying terrifying terrifying, terrifying terrifying terrifying terrifying terrifying terrifying terrifying terrifying terrifying terrifying, terrifying terrifying terrifying terrifying. Terrifying terrifying terrifying. Terrifying terrifying terrifying terrifying terrifying terrifying terrifying.

"Terrifying terrifying terrifying terrifying", terrifying terrifying. "Terrifying terrifying terrifying terrifying terrifying terrifying terrifying."

Terrifying terrifying terrifying terrifying, terrifying terrifying terrifying terrifying.

Terrifying terrifying terrifying terrifying terrifying terrifying, terrifying terrifying terrifying. Terrifying terrifying terrifying terrifying, terrifying terrifying. Terrifying terrifying. Terrifying terrifying terrifying terrifying terrifying terrifying, terrifying.

Terrifying terrifying terrifying terrifying terrifying, terrifying.

Terrifying terrifying terrifying terrifying terrifying terrifying terrifying terrifying.

Terrifying terrifying terrifying terrifying terrifying terrifying. Terrifying terrifying terrifying terrifying terrifying terrifying, terrifying terrifying terrifying terrifying?

"Terrifying terrifying terrifying", terrifying terrifying.

"Terrifying terrifying terrifying", terrifying terrifying. "Terrifying terrifying terrifying terrifying terrifying terrifying terrifying terrifying."

Terrifying terrifying terrifying terrifying terrifying terrifying terrifying terrifying terrifying terrifying. Terrifying terrifying terrifying. Terrifying terrifying. Terrifying terrifying terrifying terrifying terrifying terrifying,

terrifying terrifying terrifying. Terrifying terrifying terrifying terrifying terrifying, terrifying.

"Terrifying!" terrifying terrifying. Terrifying terrifying. Terrifying terrifying terrifying terrifying terrifying terrifying, terrifying terrifying terrifying.

Terrifying terrifying terrifying terrifying terrifying, terrifying terrifying. Terrifying terrifying terrifying terrifying terrifying terrifying, terrifying terrifying terrifying. Terrifying terrifying terrifying. Terrifying terrifying terrifying terrifying terrifying, terrifying.

Terrifying terrifying terrifying terrifying terrifying terrifying terrifying terrifying terrifying. Terrifying terrifying. Terrifying terrifying. Terrifying terrifying terrifying terrifying terrifying, terrifying terrifying terrifying terrifying. Terrifying terrifying terrifying terrifying, terrifying terrifying. Terrifying terrifying. Terrifying terrifying terrifying terrifying terrifying terrifying, terrifying.

Terrifying terrifying terrifying terrifying terrifying; terrifying terrifying terrifying terrifying terrifying. Terrifying terrifying. Terrifying. Terrifying terrifying terrifying terrifying terrifying terrifying, terrifying terrifying terrifying terrifying. Terrifying terrifying terrifying terrifying, terrifying terrifying. Terrifying terrifying. Terrifying terrifying terrifying terrifying terrifying terrifying, terrifying.

Terrifying terrifying terrifying terrifying terrifying terrifying terrifying terrifying terrifying. Terrifying?

Terrifying terrifying terrifying. Terrifying terrifying terrifying terrifying terrifying terrifying, terrifying terrifying terrifying. Terrifying terrifying terrifying terrifying terrifying, terrifying.

Terrifying terrifying terrifying terrifying terrifying terrifying. Terrifying terrifying terrifying terrifying terrifying terrifying, terrifying terrifying terrifying terrifying?

"Terrifying terrifying terrifying terrifying terrifying", terrifying terrifying.

"Terrifying terrifying terrifying", terrifying terrifying. "Terrifying terrifying terrifying terrifying terrifying terrifying terrifying terrifying."

Terrifying terrifying terrifying terrifying terrifying terrifying terrifying terrifying. Terrifying terrifying terrifying. Terrifying terrifying. Terrifying terrifying terrifying terrifying terrifying terrifying, terrifying terrifying terrifying. Terrifying terrifying terrifying terrifying terrifying, terrifying.

"Terrifying?" terrifying terrifying. (Terrifying terrifying.) Terrifying terrifying terrifying terrifying terrifying terrifying, terrifying terrifying terrifying.

Terrifying - terrifying terrifying terrifying terrifying, terrifying terrifying. Terrifying terrifying terrifying terrifying terrifying terrifying, terrifying terrifying terrifying. Terrifying terrifying…terrifying. Terrifying terrifying terrifying terrifying terrifying, terrifying.

Terrifying terrifying terrifying terrifying terrifying terrifying terrifying terrifying terrifying. Terrifying terrifying. Terrifying terrifying. Terrifying terrifying terrifying terrifying terrifying terrifying, terrifying terrifying terrifying terrifying. Terrifying terrifying terrifying terrifying, terrifying terrifying. Terrifying terrifying. Terrifying terrifying terrifying terrifying terrifying terrifying, terrifying.

Terrifying terrifying terrifying terrifying terrifying; terrifying terrifying terrifying terrifying terrifying. Terrifying terrifying. Terrifying! Terrifying! Terrifying terrifying terrifying terrifying terrifying terrifying, terrifying terrifying terrifying terrifying. Terrifying terrifying terrifying terrifying, terrifying terrifying. Terrifying terrifying. Terrifying terrifying terrifying terrifying terrifying, terrifying.

Terrifying terrifying terrifying terrifying terrifying terrifying terrifying terrifying terrifying. Terrifying terrifying terrifying.

Terrifying terrifying. "Terrifying terrifying terrifying terrifying terrifying terrifying, terrifying terrifying terrifying". Terrifying terrifying terrifying

terrifying terrifying terrifying, terrifying terrifying terrifying terrifying. Terrifying terrifying terrifying terrifying, terrifying terrifying. Terrifying terrifying. Terrifying terrifying terrifying terrifying terrifying terrifying, terrifying.

Terrifying terrifying terrifying. Terrifying terrifying terrifying terrifying terrifying terrifying, terrifying.

Terrifying terrifying terrifying terrifying terrifying terrifying terrifying terrifying terrifying. Terrifying. Terrifying terrifying.

Terrifying terrifying terrifying terrifying terrifying terrifying terrifying terrifying. Terrifying terrifying terrifying. Terrifying terrifying terrifying. Terrifying terrifying terrifying terrifying terrifying terrifying, terrifying terrifying terrifying terrifying terrifying terrifying terrifying terrifying terrifying terrifying, terrifying terrifying terrifying terrifying. Terrifying terrifying terrifying. Terrifying terrifying terrifying terrifying terrifying terrifying.

"Terrifying terrifying terrifying terrifying", terrifying terrifying. "Terrifying terrifying terrifying terrifying terrifying terrifying terrifying."

"Terrifying terrifying terrifying terrifying", terrifying terrifying terrifying.

Terrifying terrifying terrifying. Terrifying terrifying terrifying terrifying terrifying terrifying terrifying, terrifying terrifying terrifying. Terrifying terrifying terrifying terrifying terrifying, terrifying.

Terrifying terrifying terrifying terrifying terrifying terrifying terrifying terrifying.

Terrifying terrifying terrifying terrifying. Terrifying terrifying terrifying terrifying terrifying terrifying, terrifying terrifying terrifying terrifying?

"Terrifying terrifying terrifying", terrifying terrifying. "Terrifying terrifying terrifying terrifying terrifying terrifying terrifying terrifying."

Terrifying terrifying terrifying terrifying terrifying terrifying terrifying terrifying terrifying terrifying terrifying.

Terrifying terrifying terrifying. Terrifying terrifying. Terrifying terrifying terrifying terrifying terrifying terrifying, terrifying terrifying terrifying. Terrifying terrifying terrifying terrifying terrifying, terrifying.

"Terrifying!" terrifying terrifying. Terrifying terrifying. Terrifying terrifying terrifying terrifying terrifying terrifying, terrifying terrifying terrifying.

Terrifying terrifying terrifying terrifying, terrifying terrifying. Terrifying terrifying terrifying terrifying terrifying terrifying, terrifying terrifying terrifying. Terrifying terrifying terrifying. Terrifying terrifying terrifying terrifying terrifying, terrifying.

Terrifying terrifying terrifying terrifying terrifying terrifying terrifying terrifying terrifying. Terrifying terrifying. Terrifying terrifying.

Terrifying terrifying terrifying terrifying terrifying terrifying, terrifying terrifying terrifying terrifying. Terrifying terrifying terrifying terrifying, terrifying terrifying. Terrifying terrifying. Terrifying terrifying terrifying terrifying terrifying terrifying, terrifying.

Terrifying terrifying terrifying. Terrifying terrifying. Terrifying terrifying terrifying terrifying terrifying terrifying, terrifying terrifying terrifying. Terrifying terrifying terrifying terrifying terrifying, terrifying.

Terrifying terrifying terrifying terrifying terrifying terrifying terrifying terrifying.

Terrifying terrifying terrifying terrifying terrifying terrifying. Terrifying terrifying terrifying terrifying terrifying terrifying, terrifying terrifying terrifying terrifying?

"Terrifying terrifying terrifying", terrifying terrifying.

"Terrifying terrifying terrifying", terrifying terrifying. "Terrifying terrifying terrifying terrifying terrifying terrifying terrifying terrifying."

Terrifying terrifying terrifying terrifying terrifying terrifying terrifying terrifying terrifying terrifying. Terrifying terrifying terrifying. Terrifying terrifying. Terrifying terrifying terrifying terrifying terrifying terrifying, terrifying terrifying terrifying. Terrifying terrifying terrifying terrifying terrifying, terrifying.

"Terrifying!" terrifying terrifying. Terrifying terrifying. Terrifying terrifying terrifying terrifying terrifying terrifying, terrifying terrifying terrifying.

Terrifying terrifying terrifying terrifying terrifying, terrifying terrifying. Terrifying terrifying terrifying terrifying terrifying terrifying, terrifying terrifying terrifying. Terrifying terrifying terrifying. Terrifying terrifying terrifying terrifying terrifying, terrifying.

Terrifying terrifying terrifying terrifying terrifying terrifying terrifying terrifying terrifying. Terrifying terrifying. Terrifying terrifying. Terrifying terrifying terrifying terrifying terrifying, terrifying terrifying terrifying terrifying. Terrifying terrifying terrifying terrifying, terrifying terrifying. Terrifying terrifying. Terrifying terrifying terrifying terrifying terrifying terrifying, terrifying.

Terrifying terrifying terrifying terrifying terrifying; terrifying terrifying terrifying terrifying terrifying. Terrifying terrifying. Terrifying. Terrifying terrifying terrifying terrifying terrifying terrifying, terrifying terrifying terrifying terrifying. Terrifying terrifying terrifying terrifying, terrifying terrifying. Terrifying terrifying. Terrifying terrifying terrifying terrifying terrifying terrifying, terrifying.

Terrifying terrifying terrifying terrifying terrifying terrifying terrifying terrifying terrifying terrifying. Terrifying terrifying.

Terrifying. Terrifying terrifying terrifying terrifying terrifying terrifying, terrifying terrifying terrifying terrifying.

3. Terrifying

Terrifying terrifying terrifying terrifying terrifying terrifying terrifying terrifying terrifying. Terrifying?

Terrifying terrifying terrifying. Terrifying terrifying terrifying terrifying terrifying terrifying, terrifying terrifying terrifying. Terrifying terrifying terrifying terrifying terrifying, terrifying.

Terrifying terrifying terrifying terrifying terrifying terrifying. Terrifying terrifying terrifying terrifying terrifying terrifying, terrifying terrifying terrifying terrifying?

"Terrifying terrifying terrifying terrifying terrifying", terrifying terrifying.

"Terrifying terrifying terrifying", terrifying terrifying. "Terrifying terrifying terrifying terrifying terrifying terrifying terrifying terrifying."

Terrifying terrifying terrifying terrifying terrifying terrifying terrifying terrifying. Terrifying terrifying terrifying. Terrifying terrifying. Terrifying terrifying terrifying terrifying terrifying, terrifying terrifying terrifying. Terrifying terrifying terrifying terrifying terrifying, terrifying.

"Terrifying?" terrifying terrifying. (Terrifying terrifying.) Terrifying terrifying terrifying terrifying terrifying terrifying, terrifying terrifying terrifying.

Terrifying - terrifying terrifying terrifying terrifying, terrifying terrifying. Terrifying terrifying terrifying terrifying terrifying terrifying, terrifying terrifying terrifying. Terrifying terrifying…terrifying. Terrifying terrifying terrifying terrifying terrifying, terrifying.

Terrifying terrifying terrifying terrifying terrifying terrifying terrifying terrifying terrifying. Terrifying terrifying. Terrifying terrifying. Terrifying terrifying terrifying terrifying terrifying, terrifying terrifying terrifying terrifying. Terrifying terrifying terrifying terrifying, terrifying

terrifying. Terrifying terrifying. Terrifying terrifying terrifying terrifying terrifying terrifying, terrifying.

Terrifying terrifying terrifying terrifying terrifying; terrifying terrifying terrifying terrifying terrifying. Terrifying terrifying. Terrifying terrifying terrifying terrifying terrifying terrifying, terrifying terrifying terrifying terrifying. Terrifying terrifying terrifying terrifying, terrifying terrifying. Terrifying terrifying. Terrifying terrifying terrifying terrifying terrifying, terrifying.

Terrifying terrifying terrifying terrifying terrifying terrifying terrifying terrifying terrifying. Terrifying terrifying terrifying. Terrifying!

Terrifying terrifying terrifying. Terrifying terrifying terrifying terrifying terrifying terrifying, terrifying.

Terrifying terrifying terrifying terrifying terrifying terrifying terrifying terrifying terrifying. Terrifying. Terrifying terrifying.

Terrifying terrifying terrifying terrifying terrifying terrifying terrifying terrifying. Terrifying terrifying. Terrifying terrifying terrifying. Terrifying terrifying terrifying terrifying terrifying terrifying, terrifying terrifying terrifying terrifying terrifying terrifying terrifying terrifying terrifying, terrifying terrifying terrifying terrifying terrifying. Terrifying terrifying terrifying. Terrifying terrifying terrifying terrifying terrifying terrifying terrifying.

"Terrifying terrifying terrifying terrifying", terrifying terrifying. "Terrifying terrifying terrifying terrifying terrifying terrifying terrifying."

"Terrifying terrifying terrifying terrifying", terrifying terrifying terrifying.

Terrifying terrifying terrifying terrifying terrifying terrifying, terrifying terrifying terrifying terrifying. Terrifying terrifying terrifying terrifying, terrifying terrifying. Terrifying terrifying. Terrifying terrifying terrifying terrifying terrifying terrifying, terrifying.

Terrifying, terrifying terrifying. Terrifying terrifying terrifying terrifying terrifying terrifying terrifying terrifying terrifying, terrifying terrifying terrifying. Terrifying terrifying terrifying, terrifying.

Terrifying terrifying terrifying terrifying terrifying terrifying terrifying terrifying.

Terrifying terrifying terrifying terrifying. Terrifying terrifying terrifying terrifying terrifying terrifying, terrifying terrifying terrifying terrifying?

"Terrifying terrifying terrifying", terrifying terrifying. "Terrifying terrifying terrifying terrifying terrifying terrifying terrifying terrifying."

Terrifying terrifying terrifying terrifying terrifying terrifying terrifying terrifying terrifying terrifying terrifying.

Terrifying terrifying terrifying. Terrifying terrifying. Terrifying terrifying terrifying terrifying terrifying terrifying, terrifying terrifying terrifying. Terrifying terrifying terrifying terrifying terrifying, terrifying.

"Terrifying!" terrifying terrifying. Terrifying terrifying. Terrifying terrifying terrifying terrifying terrifying terrifying, terrifying terrifying terrifying.

Terrifying terrifying terrifying terrifying, terrifying terrifying. Terrifying terrifying terrifying terrifying terrifying terrifying, terrifying terrifying terrifying. Terrifying terrifying terrifying. Terrifying terrifying terrifying terrifying terrifying, terrifying.

Terrifying terrifying terrifying terrifying terrifying terrifying terrifying terrifying terrifying. Terrifying terrifying. Terrifying terrifying.

Terrifying terrifying terrifying terrifying terrifying terrifying terrifying terrifying. Terrifying terrifying. Terrifying terrifying terrifying. Terrifying terrifying terrifying terrifying terrifying terrifying, terrifying terrifying

terrifying terrifying terrifying terrifying terrifying terrifying terrifying terrifying, terrifying terrifying terrifying terrifying. Terrifying terrifying terrifying. Terrifying terrifying terrifying terrifying terrifying terrifying terrifying.

"Terrifying terrifying terrifying terrifying", terrifying terrifying. "Terrifying terrifying terrifying terrifying terrifying terrifying terrifying."

"Terrifying terrifying terrifying terrifying", terrifying terrifying terrifying.

Terrifying terrifying terrifying terrifying terrifying terrifying, terrifying terrifying terrifying terrifying. Terrifying terrifying terrifying terrifying, terrifying terrifying. Terrifying terrifying. Terrifying terrifying terrifying terrifying terrifying terrifying, terrifying.

Terrifying terrifying terrifying terrifying terrifying terrifying terrifying terrifying.

Terrifying terrifying terrifying terrifying. Terrifying terrifying terrifying terrifying terrifying terrifying, terrifying terrifying terrifying terrifying?

"Terrifying?" terrifying terrifying. "Terrifying terrifying terrifying terrifying terrifying terrifying terrifying terrifying terrifying terrifying?" Terrifying, terrifying terrifying. Terrifying terrifying terrifying terrifying terrifying terrifying terrifying terrifying terrifying, terrifying terrifying terrifying. Terrifying terrifying terrifying, terrifying.

Terrifying - terrifying terrifying terrifying terrifying, terrifying terrifying. Terrifying terrifying terrifying terrifying terrifying terrifying, terrifying terrifying terrifying. Terrifying terrifying…terrifying. Terrifying terrifying terrifying terrifying terrifying, terrifying.

Terrifying terrifying terrifying terrifying terrifying terrifying terrifying terrifying terrifying. Terrifying terrifying. Terrifying terrifying. Terrifying terrifying terrifying terrifying terrifying terrifying, terrifying terrifying terrifying terrifying. Terrifying terrifying terrifying terrifying, terrifying

terrifying. Terrifying terrifying. Terrifying terrifying terrifying terrifying terrifying terrifying, terrifying.

Terrifying terrifying terrifying terrifying terrifying; terrifying terrifying terrifying terrifying terrifying. Terrifying terrifying. Terrifying terrifying terrifying terrifying terrifying terrifying, terrifying terrifying terrifying terrifying. Terrifying terrifying terrifying terrifying, terrifying terrifying. Terrifying terrifying. Terrifying terrifying terrifying terrifying terrifying, terrifying.

Terrifying terrifying terrifying terrifying terrifying terrifying terrifying terrifying terrifying. Terrifying terrifying terrifying. Terrifying!

Terrifying terrifying terrifying. Terrifying terrifying terrifying terrifying terrifying terrifying, terrifying.

Terrifying terrifying terrifying terrifying terrifying terrifying terrifying terrifying terrifying. Terrifying. Terrifying terrifying.

Terrifying terrifying terrifying terrifying terrifying terrifying terrifying terrifying. Terrifying terrifying. Terrifying terrifying terrifying. Terrifying terrifying terrifying terrifying terrifying terrifying, terrifying terrifying terrifying terrifying terrifying terrifying terrifying terrifying terrifying, terrifying terrifying terrifying terrifying. Terrifying terrifying terrifying. Terrifying terrifying terrifying terrifying terrifying terrifying terrifying.

"Terrifying terrifying terrifying terrifying", terrifying terrifying. "Terrifying terrifying terrifying terrifying terrifying terrifying terrifying."

Terrifying terrifying terrifying terrifying, terrifying terrifying terrifying terrifying.

Terrifying terrifying terrifying terrifying terrifying terrifying, terrifying terrifying terrifying. Terrifying terrifying terrifying terrifying, terrifying terrifying. Terrifying terrifying. Terrifying terrifying terrifying terrifying terrifying terrifying, terrifying.

Terrifying terrifying terrifying. Terrifying terrifying terrifying terrifying terrifying terrifying, terrifying.

Terrifying terrifying terrifying terrifying terrifying terrifying terrifying terrifying terrifying. Terrifying. Terrifying terrifying.

Terrifying terrifying terrifying terrifying terrifying terrifying terrifying terrifying. Terrifying terrifying terrifying. Terrifying terrifying terrifying. Terrifying terrifying terrifying terrifying terrifying terrifying, terrifying terrifying terrifying terrifying terrifying terrifying terrifying terrifying terrifying terrifying, terrifying terrifying terrifying terrifying. Terrifying terrifying terrifying. Terrifying terrifying terrifying terrifying terrifying terrifying.

"Terrifying terrifying terrifying terrifying", terrifying terrifying. "Terrifying terrifying terrifying terrifying terrifying terrifying terrifying."

"Terrifying terrifying terrifying terrifying", terrifying terrifying terrifying.

Terrifying terrifying terrifying. TERRIFYING TERRIFYING TERRIFYING TERRIFYING TERRIFYING TERRIFYING TERRIFYING TERRIFYING TERRIFYING. Terrifying terrifying terrifying terrifying terrifying terrifying terrifying, terrifying terrifying terrifying. Terrifying terrifying terrifying terrifying terrifying, terrifying.

Terrifying terrifying terrifying terrifying terrifying terrifying terrifying terrifying.

Terrifying terrifying terrifying terrifying. Terrifying terrifying terrifying terrifying terrifying terrifying, terrifying terrifying terrifying terrifying?

"Terrifying terrifying terrifying", terrifying terrifying. "Terrifying terrifying terrifying terrifying terrifying terrifying terrifying terrifying."

Terrifying terrifying terrifying terrifying terrifying terrifying terrifying terrifying terrifying terrifying terrifying.

Terrifying terrifying terrifying. Terrifying terrifying. Terrifying terrifying terrifying terrifying terrifying terrifying, terrifying terrifying terrifying. Terrifying terrifying terrifying terrifying terrifying, terrifying.

"Terrifying!" terrifying terrifying. Terrifying terrifying. Terrifying terrifying terrifying terrifying terrifying terrifying, terrifying terrifying terrifying.

Terrifying terrifying terrifying terrifying, terrifying terrifying. Terrifying terrifying terrifying terrifying terrifying terrifying, terrifying terrifying terrifying. Terrifying terrifying terrifying. Terrifying terrifying terrifying terrifying terrifying, terrifying.

Terrifying terrifying terrifying terrifying terrifying terrifying terrifying terrifying terrifying. Terrifying terrifying. Terrifying terrifying.

Terrifying terrifying terrifying terrifying terrifying terrifying, terrifying terrifying terrifying terrifying. Terrifying terrifying terrifying terrifying, terrifying terrifying. Terrifying terrifying. Terrifying terrifying terrifying terrifying terrifying terrifying, terrifying.

Terrifying terrifying terrifying. Terrifying terrifying. Terrifying terrifying terrifying terrifying terrifying terrifying, terrifying terrifying terrifying. Terrifying terrifying terrifying terrifying terrifying, terrifying.

Terrifying terrifying terrifying terrifying terrifying terrifying terrifying terrifying.

Terrifying terrifying terrifying terrifying terrifying terrifying. Terrifying terrifying terrifying terrifying terrifying terrifying, terrifying terrifying terrifying terrifying?

"Terrifying terrifying terrifying", terrifying terrifying.

"Terrifying terrifying terrifying", terrifying terrifying. "Terrifying terrifying terrifying terrifying terrifying terrifying terrifying terrifying."

Terrifying terrifying terrifying terrifying terrifying terrifying terrifying terrifying terrifying terrifying. Terrifying terrifying terrifying. Terrifying terrifying. Terrifying terrifying terrifying terrifying terrifying terrifying, terrifying terrifying terrifying. Terrifying terrifying terrifying terrifying terrifying, terrifying.

"Terrifying!" terrifying terrifying. Terrifying terrifying. Terrifying terrifying terrifying terrifying terrifying terrifying, terrifying terrifying terrifying.

Terrifying terrifying terrifying terrifying terrifying, terrifying terrifying. Terrifying terrifying terrifying terrifying terrifying terrifying, terrifying terrifying terrifying. Terrifying terrifying terrifying. Terrifying terrifying terrifying terrifying terrifying, terrifying.

Terrifying terrifying terrifying terrifying terrifying terrifying terrifying terrifying terrifying. Terrifying terrifying. Terrifying terrifying. Terrifying terrifying terrifying terrifying terrifying terrifying, terrifying terrifying terrifying terrifying. Terrifying terrifying terrifying terrifying, terrifying terrifying. Terrifying terrifying. Terrifying terrifying terrifying terrifying terrifying terrifying, terrifying.

Terrifying terrifying terrifying terrifying terrifying; terrifying terrifying terrifying terrifying terrifying. Terrifying terrifying. Terrifying. Terrifying terrifying terrifying terrifying terrifying terrifying, terrifying terrifying terrifying terrifying. Terrifying terrifying terrifying terrifying, terrifying terrifying. Terrifying terrifying. Terrifying terrifying terrifying terrifying terrifying terrifying, terrifying.

Terrifying terrifying terrifying terrifying terrifying terrifying terrifying terrifying terrifying. Terrifying?

Terrifying terrifying terrifying. Terrifying terrifying terrifying terrifying terrifying terrifying, terrifying terrifying terrifying. Terrifying terrifying terrifying terrifying terrifying, terrifying.

Terrifying terrifying terrifying terrifying terrifying terrifying. Terrifying terrifying terrifying terrifying terrifying terrifying, terrifying terrifying terrifying terrifying?

"Terrifying terrifying terrifying terrifying terrifying", terrifying terrifying.

"Terrifying terrifying terrifying", terrifying terrifying. "Terrifying terrifying terrifying terrifying terrifying terrifying terrifying terrifying."

Terrifying terrifying terrifying terrifying terrifying terrifying terrifying terrifying. Terrifying terrifying terrifying. Terrifying terrifying. Terrifying terrifying terrifying terrifying terrifying terrifying, terrifying terrifying terrifying. Terrifying terrifying terrifying terrifying terrifying, terrifying.

"Terrifying?" terrifying terrifying. (Terrifying terrifying.) Terrifying terrifying terrifying terrifying terrifying terrifying, terrifying terrifying terrifying.

Terrifying - terrifying terrifying terrifying terrifying, terrifying terrifying. Terrifying terrifying terrifying terrifying terrifying terrifying, terrifying terrifying terrifying. Terrifying terrifying…terrifying. Terrifying terrifying terrifying terrifying terrifying, terrifying.

Terrifying terrifying terrifying terrifying terrifying terrifying terrifying terrifying terrifying. Terrifying terrifying. Terrifying terrifying. Terrifying terrifying terrifying terrifying terrifying, terrifying terrifying terrifying terrifying. Terrifying terrifying terrifying terrifying, terrifying terrifying. Terrifying terrifying. Terrifying terrifying terrifying terrifying terrifying terrifying, terrifying.

Terrifying terrifying terrifying terrifying terrifying; terrifying terrifying terrifying terrifying terrifying. Terrifying terrifying. Terrifying terrifying terrifying terrifying terrifying terrifying, terrifying terrifying terrifying terrifying. Terrifying terrifying terrifying terrifying terrifying, terrifying terrifying. Terrifying terrifying. Terrifying terrifying terrifying terrifying terrifying, terrifying.

Terrifying terrifying terrifying terrifying terrifying terrifying terrifying terrifying terrifying. Terrifying terrifying terrifying. Terrifying!

Terrifying terrifying terrifying. Terrifying terrifying terrifying terrifying terrifying terrifying, terrifying.

Terrifying terrifying terrifying terrifying terrifying terrifying terrifying terrifying terrifying. Terrifying. Terrifying terrifying.

Terrifying terrifying terrifying terrifying terrifying terrifying terrifying terrifying. Terrifying terrifying. Terrifying terrifying terrifying. Terrifying terrifying terrifying terrifying terrifying terrifying, terrifying terrifying terrifying terrifying terrifying terrifying terrifying terrifying terrifying, terrifying terrifying terrifying terrifying. Terrifying terrifying terrifying. Terrifying terrifying terrifying terrifying terrifying terrifying terrifying.

"Terrifying terrifying terrifying terrifying", terrifying terrifying. "Terrifying terrifying terrifying terrifying terrifying terrifying terrifying."

"Terrifying terrifying terrifying terrifying", terrifying terrifying terrifying.

Terrifying terrifying terrifying terrifying terrifying terrifying, terrifying terrifying terrifying terrifying. Terrifying terrifying terrifying terrifying, terrifying terrifying. Terrifying terrifying. Terrifying terrifying terrifying terrifying terrifying terrifying, terrifying.

Terrifying, terrifying terrifying, "TERRIFYING TERRIFYING TERRIFYING TERRIFYING!" Terrifying terrifying terrifying terrifying terrifying terrifying terrifying terrifying terrifying, terrifying terrifying terrifying. Terrifying terrifying terrifying, terrifying.

Terrifying terrifying terrifying terrifying terrifying terrifying terrifying terrifying.

Terrifying terrifying terrifying terrifying. Terrifying terrifying terrifying terrifying terrifying terrifying, terrifying terrifying terrifying terrifying?

"Terrifying terrifying terrifying", terrifying terrifying. "Terrifying terrifying terrifying terrifying terrifying terrifying terrifying terrifying."

Terrifying terrifying terrifying terrifying terrifying terrifying terrifying terrifying terrifying terrifying terrifying.

Terrifying terrifying terrifying. Terrifying terrifying. Terrifying terrifying terrifying terrifying terrifying terrifying, terrifying terrifying terrifying. Terrifying terrifying terrifying terrifying terrifying, terrifying.

"Terrifying!" terrifying terrifying. Terrifying terrifying. Terrifying terrifying terrifying terrifying terrifying terrifying, terrifying terrifying terrifying.

Terrifying terrifying terrifying terrifying, terrifying terrifying. Terrifying terrifying terrifying terrifying terrifying terrifying, terrifying terrifying terrifying. Terrifying terrifying terrifying. Terrifying terrifying terrifying terrifying terrifying, terrifying.

Terrifying terrifying terrifying terrifying terrifying terrifying terrifying terrifying terrifying. Terrifying terrifying. Terrifying terrifying.

Terrifying terrifying terrifying terrifying terrifying terrifying terrifying terrifying. Terrifying terrifying. Terrifying terrifying terrifying. Terrifying terrifying terrifying terrifying terrifying terrifying, terrifying terrifying terrifying terrifying terrifying terrifying terrifying terrifying terrifying, terrifying terrifying terrifying terrifying. Terrifying terrifying terrifying. Terrifying terrifying terrifying terrifying terrifying terrifying terrifying.

"Terrifying terrifying terrifying terrifying", terrifying terrifying. "Terrifying terrifying terrifying terrifying terrifying terrifying terrifying."

"Terrifying terrifying terrifying terrifying", terrifying terrifying terrifying.

Terrifying terrifying terrifying terrifying terrifying terrifying, terrifying terrifying terrifying terrifying. Terrifying terrifying terrifying terrifying, terrifying terrifying. Terrifying terrifying. Terrifying terrifying terrifying terrifying terrifying terrifying, terrifying.

Terrifying terrifying terrifying terrifying terrifying terrifying terrifying terrifying.

Terrifying terrifying terrifying terrifying. Terrifying terrifying terrifying terrifying terrifying terrifying, terrifying terrifying terrifying terrifying?

"Terrifying?" terrifying terrifying. "Terrifying terrifying terrifying terrifying terrifying terrifying terrifying terrifying terrifying terrifying?" Terrifying, terrifying terrifying. Terrifying terrifying terrifying terrifying terrifying terrifying terrifying terrifying terrifying, terrifying terrifying terrifying. Terrifying terrifying terrifying, terrifying.

Terrifying - terrifying terrifying terrifying terrifying, terrifying terrifying. Terrifying terrifying terrifying terrifying terrifying terrifying, terrifying terrifying terrifying. Terrifying terrifying…terrifying. Terrifying terrifying terrifying terrifying terrifying, terrifying.

4. Terrifying

Terrifying terrifying terrifying terrifying terrifying terrifying terrifying terrifying terrifying. Terrifying terrifying. Terrifying terrifying. Terrifying terrifying terrifying terrifying terrifying terrifying, terrifying terrifying terrifying terrifying. Terrifying terrifying terrifying terrifying, terrifying terrifying. Terrifying terrifying. Terrifying terrifying terrifying terrifying terrifying terrifying, terrifying.

Terrifying terrifying terrifying terrifying terrifying; terrifying terrifying terrifying terrifying terrifying. Terrifying terrifying. Terrifying terrifying terrifying terrifying terrifying terrifying, terrifying terrifying terrifying terrifying. Terrifying terrifying terrifying terrifying, terrifying terrifying. Terrifying terrifying. Terrifying terrifying terrifying terrifying terrifying, terrifying.

Terrifying terrifying terrifying terrifying terrifying terrifying terrifying terrifying terrifying. Terrifying terrifying terrifying.

Terrifying terrifying terrifying. Terrifying terrifying terrifying terrifying terrifying terrifying, terrifying.

Terrifying terrifying terrifying terrifying terrifying terrifying terrifying terrifying terrifying. Terrifying. Terrifying terrifying.

Terrifying terrifying terrifying terrifying terrifying terrifying terrifying terrifying. Terrifying terrifying. Terrifying terrifying terrifying. Terrifying terrifying terrifying terrifying terrifying terrifying, terrifying terrifying terrifying terrifying terrifying terrifying terrifying terrifying terrifying, terrifying terrifying terrifying terrifying terrifying. Terrifying terrifying terrifying. Terrifying terrifying terrifying terrifying terrifying terrifying terrifying.

"Terrifying terrifying terrifying terrifying", terrifying terrifying. "Terrifying terrifying terrifying terrifying terrifying terrifying terrifying."

Terrifying terrifying terrifying terrifying, terrifying terrifying terrifying terrifying.

Terrifying terrifying terrifying terrifying terrifying terrifying, terrifying terrifying terrifying. Terrifying terrifying terrifying terrifying, terrifying terrifying. Terrifying terrifying. Terrifying terrifying terrifying terrifying terrifying terrifying, terrifying.

Terrifying. Terrifying. Terrifying. Terrifying terrifying. Terrifying terrifying terrifying terrifying terrifying terrifying, terrifying terrifying terrifying. Terrifying terrifying terrifying terrifying terrifying, terrifying.

"Terrifying terrifying terrifying", terrifying terrifying.

Terrifying terrifying terrifying terrifying terrifying terrifying. Terrifying terrifying terrifying terrifying terrifying terrifying, terrifying terrifying terrifying terrifying? Terrifying terrifying terrifying terrifying terrifying terrifying terrifying terrifying.

Terrifying terrifying terrifying terrifying terrifying terrifying terrifying terrifying terrifying terrifying.

"Terrifying terrifying terrifying", terrifying terrifying. "Terrifying terrifying terrifying terrifying terrifying terrifying terrifying terrifying."

Terrifying terrifying terrifying. Terrifying terrifying. Terrifying terrifying terrifying terrifying terrifying terrifying, terrifying terrifying terrifying. Terrifying terrifying terrifying terrifying terrifying, terrifying.

"Terrifying!" terrifying terrifying.

Terrifying terrifying terrifying terrifying terrifying, terrifying terrifying. Terrifying terrifying terrifying terrifying terrifying terrifying, terrifying terrifying terrifying. Terrifying terrifying terrifying. Terrifying terrifying terrifying terrifying terrifying, terrifying. Terrifying terrifying. Terrifying terrifying terrifying terrifying terrifying terrifying, terrifying terrifying terrifying.

Terrifying terrifying terrifying terrifying terrifying terrifying terrifying terrifying terrifying. Terrifying terrifying. Terrifying terrifying. Terrifying terrifying terrifying terrifying terrifying terrifying, terrifying terrifying terrifying terrifying. Terrifying terrifying terrifying terrifying, terrifying terrifying. Terrifying terrifying. Terrifying terrifying terrifying terrifying terrifying terrifying, terrifying.

Terrifying terrifying terrifying terrifying terrifying; terrifying terrifying terrifying terrifying terrifying. Terrifying terrifying. Terrifying. Terrifying terrifying terrifying terrifying terrifying terrifying, terrifying terrifying terrifying terrifying. Terrifying terrifying terrifying terrifying, terrifying terrifying. Terrifying terrifying. Terrifying terrifying terrifying terrifying terrifying terrifying, terrifying.

Terrifying terrifying terrifying terrifying terrifying terrifying terrifying terrifying terrifying. Terrifying terrifying terrifying?

Terrifying terrifying terrifying. Terrifying terrifying terrifying terrifying terrifying terrifying, terrifying terrifying terrifying. Terrifying terrifying terrifying terrifying terrifying, terrifying.

Terrifying terrifying terrifying terrifying terrifying terrifying. Terrifying terrifying terrifying terrifying terrifying terrifying, terrifying terrifying terrifying terrifying?

"Terrifying terrifying terrifying terrifying terrifying", terrifying terrifying.

"Terrifying terrifying terrifying", terrifying terrifying. "Terrifying terrifying terrifying terrifying terrifying terrifying terrifying terrifying."

Terrifying terrifying terrifying terrifying terrifying terrifying terrifying terrifying. Terrifying terrifying terrifying. Terrifying terrifying. Terrifying terrifying terrifying terrifying terrifying terrifying, terrifying terrifying terrifying. Terrifying terrifying terrifying terrifying terrifying, terrifying.

"Terrifying?" terrifying terrifying. (Terrifying terrifying.) Terrifying terrifying terrifying terrifying terrifying terrifying, terrifying terrifying terrifying.

Terrifying - terrifying terrifying terrifying terrifying, terrifying terrifying. Terrifying terrifying terrifying terrifying terrifying terrifying, terrifying terrifying terrifying. Terrifying terrifying…terrifying. Terrifying terrifying terrifying terrifying terrifying, terrifying.

Terrifying terrifying terrifying terrifying terrifying terrifying terrifying terrifying terrifying. Terrifying terrifying. Terrifying terrifying. Terrifying terrifying terrifying terrifying terrifying terrifying, terrifying terrifying terrifying terrifying. Terrifying terrifying terrifying terrifying, terrifying terrifying. Terrifying terrifying. Terrifying terrifying terrifying terrifying terrifying terrifying, terrifying.

Terrifying terrifying terrifying terrifying terrifying; terrifying terrifying terrifying terrifying terrifying. Terrifying terrifying. Terrifying! Terrifying! Terrifying terrifying terrifying terrifying terrifying terrifying, terrifying terrifying terrifying terrifying. Terrifying terrifying terrifying terrifying, terrifying terrifying. Terrifying terrifying. Terrifying terrifying terrifying terrifying terrifying, terrifying.

Terrifying terrifying terrifying Terrifying Terrifying. Terrifying terrifying terrifying terrifying terrifying Terrifying Terrifying. Terrifying terrifying terrifying terrifying terrifying terrifying terrifying terrifying terrifying. Terrifying terrifying terrifying terrifying terrifying.

Terrifying terrifying terrifying terrifying terrifying terrifying terrifying terrifying terrifying terrifying terrifying.

Terrifying terrifying terrifying Terrifying Terrifying. Terrifying terrifying terrifying terrifying terrifying terrifying terrifying terrifying.

Terrifying terrifying terrifying terrifying terrifying; terrifying terrifying terrifying terrifying terrifying terrifying terrifying terrifying Terrifying (terrifying terrifying terrifying!) terrifying terrifying Terrifying Terrifying!

Terrifying. Terrifying. Terrifying. Terrifying terrifying. Terrifying terrifying terrifying terrifying terrifying terrifying, terrifying terrifying terrifying. Terrifying terrifying terrifying terrifying terrifying, terrifying.

"Terrifying terrifying terrifying", terrifying terrifying.

Terrifying terrifying terrifying terrifying terrifying terrifying. Terrifying terrifying terrifying terrifying terrifying terrifying, terrifying terrifying terrifying terrifying? Terrifying terrifying terrifying terrifying terrifying terrifying terrifying terrifying.

Terrifying terrifying terrifying terrifying terrifying terrifying terrifying terrifying terrifying terrifying.

"Terrifying terrifying terrifying", terrifying terrifying. "Terrifying terrifying terrifying terrifying terrifying terrifying terrifying terrifying."

Terrifying terrifying terrifying. Terrifying terrifying. Terrifying terrifying terrifying terrifying terrifying terrifying, terrifying terrifying terrifying. Terrifying terrifying terrifying terrifying terrifying, terrifying.

"Terrifying!" terrifying terrifying.

Terrifying terrifying terrifying terrifying terrifying, terrifying terrifying. Terrifying terrifying terrifying terrifying terrifying terrifying, terrifying terrifying terrifying. Terrifying terrifying terrifying. Terrifying terrifying terrifying terrifying terrifying, terrifying. Terrifying terrifying. Terrifying terrifying terrifying terrifying terrifying terrifying, terrifying terrifying terrifying.

Terrifying terrifying terrifying terrifying terrifying terrifying terrifying terrifying terrifying. Terrifying terrifying. Terrifying terrifying. Terrifying terrifying terrifying terrifying terrifying terrifying, terrifying terrifying terrifying terrifying. Terrifying terrifying terrifying terrifying, terrifying

terrifying. Terrifying terrifying. Terrifying terrifying terrifying terrifying terrifying terrifying, terrifying.

Terrifying terrifying terrifying terrifying terrifying; terrifying terrifying terrifying terrifying terrifying. Terrifying terrifying. Terrifying. Terrifying terrifying terrifying terrifying terrifying terrifying, terrifying terrifying terrifying terrifying. Terrifying terrifying terrifying terrifying, terrifying terrifying. Terrifying terrifying. Terrifying terrifying terrifying terrifying terrifying terrifying, terrifying.

Terrifying terrifying terrifying terrifying terrifying terrifying terrifying terrifying terrifying. Terrifying terrifying terrifying?

Terrifying terrifying terrifying. Terrifying terrifying terrifying terrifying terrifying terrifying, terrifying terrifying terrifying. Terrifying terrifying terrifying terrifying terrifying, terrifying.

5. Terrifying

Terrifying terrifying terrifying terrifying terrifying terrifying. Terrifying terrifying terrifying terrifying terrifying terrifying, terrifying terrifying terrifying terrifying?

"Terrifying terrifying terrifying terrifying terrifying", terrifying terrifying.

"Terrifying terrifying terrifying", terrifying terrifying. "Terrifying terrifying terrifying terrifying terrifying terrifying terrifying terrifying."

Terrifying terrifying terrifying terrifying terrifying terrifying terrifying terrifying. Terrifying terrifying terrifying. Terrifying terrifying. Terrifying terrifying terrifying terrifying terrifying terrifying, terrifying terrifying terrifying. Terrifying terrifying terrifying terrifying terrifying, terrifying.

"Terrifying?" terrifying terrifying. (Terrifying terrifying.) Terrifying terrifying terrifying terrifying terrifying terrifying, terrifying terrifying terrifying.

Terrifying terrifying terrifying terrifying terrifying, terrifying terrifying. Terrifying terrifying terrifying terrifying terrifying terrifying, terrifying terrifying terrifying. Terrifying terrifying...terrifying. Terrifying terrifying terrifying terrifying terrifying, terrifying.

Terrifying terrifying terrifying terrifying terrifying terrifying terrifying terrifying terrifying.

Terrifying terrifying. Terrifying terrifying. Terrifying terrifying terrifying terrifying terrifying terrifying, terrifying terrifying terrifying terrifying. Terrifying terrifying terrifying terrifying, terrifying terrifying. Terrifying terrifying. Terrifying terrifying terrifying terrifying.

Terrifying terrifying terrifying terrifying terrifying; terrifying terrifying terrifying terrifying terrifying. Terrifying terrifying terrifying, terrifying terrifying terrifying. Terrifying! Terrifying terrifying terrifying! Terrifying

terrifying terrifying terrifying terrifying terrifying, terrifying terrifying. Terrifying terrifying terrifying, terrifying terrifying. Terrifying terrifying. Terrifying terrifying terrifying terrifying terrifying, terrifying.

Terrifying terrifying terrifying terrifying terrifying terrifying terrifying terrifying terrifying Terrifying Terrifying. Terrifying terrifying terrifying terrifying terrifying Terrifying Terrifying. Terrifying terrifying terrifying terrifying. Terrifying terrifying terrifying terrifying.

Terrifying terrifying terrifying terrifying terrifying terrifying terrifying terrifying terrifying terrifying terrifying.

Terrifying terrifying terrifying, terrifying terrifying terrifying terrifying. Terrifying terrifying terrifying terrifying terrifying terrifying, terrifying terrifying terrifying terrifying terrifying terrifying terrifying terrifying terrifying terrifying terrifying terrifying TERRIFYING TERRIFYING TERRIFYING TERRIFYING. Terrifying terrifying, terrifying terrifying terrifying terrifying, "terrifying terrifying, terrifying". Terrifying terrifying terrifying. Terrifying terrifying terrifying terrifying, terrifying terrifying terrifying terrifying terrifying terrifying. Terrifying terrifying terrifying terrifying terrifying terrifying terrifying.

Terrifying terrifying terrifying. Terrifying terrifying. Terrifying terrifying terrifying terrifying terrifying terrifying, terrifying terrifying terrifying. Terrifying terrifying terrifying terrifying terrifying, terrifying.

Terrifying terrifying terrifying terrifying terrifying terrifying terrifying terrifying.

Terrifying terrifying terrifying terrifying terrifying terrifying. Terrifying terrifying terrifying terrifying terrifying terrifying, terrifying terrifying terrifying terrifying?

"Terrifying terrifying terrifying", terrifying terrifying. "Terrifying terrifying terrifying terrifying terrifying terrifying terrifying terrifying."

"Terrifying terrifying terrifying", terrifying terrifying.

50

Terrifying terrifying terrifying terrifying terrifying, terrifying terrifying. Terrifying terrifying terrifying terrifying terrifying terrifying, terrifying terrifying terrifying. Terrifying terrifying terrifying. Terrifying terrifying terrifying terrifying terrifying, terrifying.

Terrifying terrifying terrifying terrifying terrifying terrifying terrifying terrifying terrifying terrifying. Terrifying terrifying terrifying. Terrifying terrifying. Terrifying terrifying terrifying terrifying terrifying terrifying, terrifying terrifying terrifying. Terrifying terrifying terrifying terrifying terrifying, terrifying.

"Terrifying!" terrifying terrifying. Terrifying terrifying. Terrifying terrifying terrifying terrifying terrifying terrifying, terrifying terrifying terrifying.

Terrifying terrifying terrifying terrifying terrifying terrifying terrifying terrifying terrifying. Terrifying terrifying. Terrifying terrifying. Terrifying terrifying terrifying terrifying terrifying terrifying, terrifying terrifying terrifying terrifying. Terrifying terrifying terrifying terrifying, terrifying terrifying. Terrifying terrifying. Terrifying terrifying terrifying terrifying terrifying terrifying, terrifying.

Terrifying terrifying terrifying terrifying terrifying terrifying terrifying terrifying terrifying. Terrifying?

Terrifying terrifying terrifying terrifying terrifying; terrifying terrifying terrifying terrifying terrifying. Terrifying terrifying. Terrifying. Terrifying terrifying terrifying terrifying terrifying terrifying, terrifying terrifying terrifying terrifying. Terrifying terrifying terrifying terrifying, terrifying terrifying. Terrifying terrifying. Terrifying terrifying terrifying terrifying terrifying terrifying, terrifying.

Terrifying terrifying terrifying terrifying terrifying terrifying. Terrifying terrifying terrifying terrifying terrifying terrifying, terrifying terrifying terrifying terrifying?

Terrifying terrifying terrifying. Terrifying terrifying terrifying terrifying terrifying terrifying, terrifying terrifying terrifying. Terrifying terrifying terrifying terrifying terrifying, terrifying.

"Terrifying terrifying terrifying terrifying terrifying", terrifying terrifying.

"Terrifying terrifying terrifying", terrifying terrifying. "Terrifying terrifying terrifying terrifying terrifying terrifying terrifying terrifying."

"Terrifying?" terrifying terrifying. (Terrifying terrifying.) Terrifying terrifying terrifying terrifying terrifying terrifying, terrifying terrifying terrifying.

Terrifying terrifying terrifying terrifying terrifying terrifying terrifying terrifying. Terrifying terrifying terrifying. Terrifying terrifying. Terrifying terrifying terrifying terrifying terrifying terrifying, terrifying terrifying terrifying. Terrifying terrifying terrifying terrifying terrifying, terrifying.

Terrifying terrifying terrifying terrifying terrifying terrifying terrifying terrifying terrifying. Terrifying terrifying. Terrifying terrifying. Terrifying terrifying terrifying terrifying terrifying terrifying, terrifying terrifying terrifying terrifying. Terrifying terrifying terrifying terrifying terrifying, terrifying terrifying. Terrifying terrifying. Terrifying terrifying terrifying terrifying terrifying terrifying, terrifying.

Terrifying - terrifying terrifying terrifying terrifying, terrifying terrifying. Terrifying terrifying terrifying terrifying terrifying terrifying, terrifying terrifying terrifying. Terrifying terrifying…terrifying. Terrifying terrifying terrifying terrifying terrifying, terrifying.

Terrifying terrifying terrifying terrifying terrifying; terrifying terrifying terrifying terrifying terrifying. Terrifying terrifying. Terrifying! Terrifying! Terrifying terrifying terrifying terrifying terrifying terrifying, terrifying terrifying terrifying terrifying. Terrifying terrifying terrifying terrifying, terrifying terrifying. Terrifying terrifying. Terrifying terrifying terrifying terrifying terrifying, terrifying.

Terrifying terrifying. "Terrifying terrifying terrifying terrifying terrifying terrifying, terrifying terrifying terrifying".

Terrifying terrifying terrifying.

Terrifying terrifying terrifying terrifying terrifying terrifying terrifying terrifying terrifying. Terrifying. Terrifying terrifying.

Terrifying terrifying terrifying. Terrifying terrifying terrifying terrifying terrifying terrifying, terrifying.

Terrifying terrifying terrifying terrifying terrifying terrifying terrifying terrifying. Terrifying terrifying terrifying. Terrifying terrifying terrifying. Terrifying terrifying terrifying terrifying terrifying terrifying, terrifying terrifying terrifying terrifying terrifying terrifying terrifying terrifying terrifying terrifying, terrifying terrifying terrifying terrifying. Terrifying terrifying terrifying. Terrifying terrifying terrifying terrifying terrifying terrifying.

"Terrifying terrifying terrifying terrifying", terrifying terrifying. "Terrifying terrifying terrifying terrifying terrifying terrifying terrifying."

TERRIFYING. Terrifying terrifying terrifying. Terrifying terrifying terrifying terrifying terrifying terrifying terrifying, terrifying terrifying terrifying. Terrifying terrifying terrifying terrifying terrifying, terrifying.

"Terrifying terrifying terrifying terrifying", terrifying terrifying terrifying.

Terrifying terrifying terrifying terrifying terrifying terrifying terrifying terrifying.

"Terrifying terrifying terrifying", terrifying terrifying. "Terrifying terrifying terrifying terrifying terrifying terrifying terrifying terrifying."

Terrifying terrifying terrifying terrifying. Terrifying terrifying terrifying terrifying terrifying terrifying, terrifying terrifying terrifying terrifying?

Terrifying terrifying terrifying terrifying terrifying terrifying terrifying terrifying terrifying terrifying terrifying.

"Terrifying!" terrifying terrifying. Terrifying terrifying. Terrifying terrifying terrifying terrifying terrifying terrifying, terrifying terrifying terrifying.

Terrifying terrifying terrifying. Terrifying terrifying. Terrifying terrifying terrifying terrifying terrifying terrifying, terrifying terrifying terrifying. Terrifying terrifying terrifying terrifying terrifying, terrifying.

Terrifying terrifying terrifying terrifying, terrifying terrifying. Terrifying terrifying terrifying terrifying terrifying terrifying, terrifying terrifying terrifying. Terrifying terrifying terrifying. Terrifying terrifying terrifying terrifying terrifying, terrifying.

Terrifying terrifying terrifying terrifying terrifying terrifying, terrifying terrifying terrifying terrifying. Terrifying terrifying terrifying terrifying, terrifying terrifying. Terrifying terrifying. Terrifying terrifying terrifying terrifying terrifying terrifying, terrifying.

Terrifying terrifying terrifying. Terrifying terrifying. Terrifying terrifying terrifying terrifying terrifying terrifying, terrifying terrifying terrifying. Terrifying terrifying terrifying terrifying terrifying, terrifying.

Terrifying terrifying terrifying terrifying terrifying terrifying terrifying terrifying terrifying. Terrifying terrifying. Terrifying terrifying.

Terrifying terrifying terrifying terrifying terrifying terrifying terrifying terrifying.

"Terrifying terrifying terrifying", terrifying terrifying.

Terrifying terrifying terrifying terrifying terrifying terrifying. Terrifying terrifying terrifying terrifying terrifying terrifying, terrifying terrifying terrifying terrifying?

"Terrifying terrifying terrifying", terrifying terrifying. "Terrifying terrifying terrifying terrifying terrifying terrifying terrifying terrifying."

"Terrifying!" terrifying terrifying. Terrifying terrifying. Terrifying terrifying terrifying terrifying terrifying terrifying, terrifying terrifying terrifying.

Terrifying terrifying terrifying terrifying terrifying terrifying terrifying terrifying terrifying terrifying. Terrifying terrifying terrifying. Terrifying terrifying. Terrifying terrifying terrifying terrifying terrifying terrifying, terrifying terrifying terrifying. Terrifying terrifying terrifying terrifying terrifying, terrifying.

Terrifying terrifying terrifying terrifying terrifying, terrifying terrifying. Terrifying terrifying terrifying terrifying terrifying terrifying, terrifying terrifying terrifying. Terrifying terrifying terrifying terrifying terrifying terrifying terrifying terrifying terrifying. Terrifying terrifying. Terrifying terrifying. Terrifying terrifying terrifying terrifying terrifying terrifying, terrifying terrifying terrifying terrifying. Terrifying terrifying terrifying terrifying, terrifying terrifying. Terrifying terrifying. Terrifying terrifying terrifying terrifying terrifying terrifying, terrifying.

Terrifying terrifying terrifying. Terrifying terrifying terrifying terrifying terrifying, terrifying.

Terrifying terrifying terrifying terrifying terrifying terrifying terrifying terrifying terrifying. Terrifying?

Terrifying terrifying terrifying terrifying terrifying; terrifying terrifying terrifying terrifying terrifying. Terrifying terrifying. Terrifying. Terrifying terrifying terrifying terrifying terrifying terrifying, terrifying terrifying terrifying terrifying. Terrifying terrifying terrifying terrifying, terrifying

terrifying. Terrifying terrifying. Terrifying terrifying terrifying terrifying terrifying terrifying, terrifying.

Terrifying terrifying terrifying terrifying terrifying terrifying. Terrifying terrifying terrifying terrifying terrifying terrifying, terrifying terrifying terrifying terrifying?

"Terrifying terrifying terrifying terrifying terrifying", terrifying terrifying.

Terrifying terrifying terrifying. Terrifying terrifying terrifying terrifying terrifying terrifying, terrifying terrifying terrifying. Terrifying terrifying terrifying terrifying terrifying, terrifying.

Terrifying terrifying terrifying terrifying terrifying terrifying terrifying terrifying. Terrifying terrifying terrifying. Terrifying terrifying. Terrifying terrifying terrifying terrifying terrifying terrifying, terrifying terrifying terrifying. Terrifying terrifying terrifying terrifying terrifying, terrifying.

"Terrifying terrifying terrifying", terrifying terrifying. "Terrifying terrifying terrifying terrifying terrifying terrifying terrifying terrifying."

Terrifying - terrifying terrifying terrifying terrifying, terrifying terrifying. Terrifying terrifying terrifying terrifying terrifying terrifying, terrifying terrifying terrifying. Terrifying terrifying…terrifying. Terrifying terrifying terrifying terrifying terrifying, terrifying.

"Terrifying?" terrifying terrifying. (Terrifying terrifying.) Terrifying terrifying terrifying terrifying terrifying terrifying, terrifying terrifying terrifying.

Terrifying terrifying terrifying terrifying terrifying; terrifying terrifying terrifying terrifying terrifying. Terrifying terrifying. Terrifying terrifying terrifying terrifying terrifying terrifying, terrifying terrifying terrifying terrifying. Terrifying terrifying terrifying terrifying terrifying, terrifying terrifying. Terrifying terrifying. Terrifying terrifying terrifying terrifying terrifying, terrifying.

56

Terrifying terrifying terrifying terrifying terrifying terrifying terrifying terrifying terrifying. Terrifying terrifying. Terrifying terrifying. Terrifying terrifying terrifying terrifying terrifying terrifying, terrifying terrifying terrifying terrifying. Terrifying terrifying terrifying terrifying, terrifying terrifying. Terrifying terrifying. Terrifying terrifying terrifying terrifying terrifying terrifying, terrifying.

Terrifying terrifying terrifying. Terrifying terrifying terrifying terrifying terrifying terrifying, terrifying.

Terrifying! Terrifying terrifying terrifying terrifying terrifying terrifying terrifying terrifying terrifying. Terrifying terrifying terrifying.

Terrifying terrifying terrifying terrifying terrifying terrifying terrifying terrifying. Terrifying terrifying. Terrifying terrifying terrifying. Terrifying terrifying terrifying terrifying terrifying terrifying, terrifying terrifying terrifying terrifying terrifying terrifying terrifying terrifying terrifying terrifying terrifying terrifying, terrifying terrifying terrifying terrifying. Terrifying terrifying terrifying. Terrifying terrifying terrifying terrifying terrifying terrifying terrifying.

Terrifying terrifying terrifying terrifying terrifying terrifying terrifying terrifying terrifying. Terrifying. Terrifying terrifying.

"Terrifying terrifying terrifying terrifying", terrifying terrifying terrifying.

"Terrifying terrifying terrifying terrifying", terrifying terrifying. "Terrifying terrifying terrifying terrifying terrifying terrifying terrifying."

Terrifying terrifying terrifying terrifying terrifying terrifying terrifying terrifying terrifying, terrifying terrifying terrifying. Terrifying terrifying terrifying, terrifying. Terrifying, terrifying terrifying, "TERRIFYING TERRIFYING TERRIFYING TERRIFYING!"

Terrifying terrifying terrifying terrifying terrifying terrifying terrifying terrifying.

Terrifying terrifying terrifying terrifying terrifying terrifying, terrifying terrifying terrifying terrifying. Terrifying terrifying terrifying terrifying, terrifying terrifying. Terrifying terrifying. Terrifying terrifying terrifying terrifying terrifying terrifying, terrifying.

Terrifying terrifying terrifying terrifying. Terrifying terrifying terrifying terrifying terrifying terrifying, terrifying terrifying terrifying terrifying?

Terrifying terrifying terrifying terrifying terrifying terrifying terrifying terrifying terrifying terrifying terrifying.

"Terrifying terrifying terrifying", terrifying terrifying. "Terrifying terrifying terrifying terrifying terrifying terrifying terrifying terrifying."

"Terrifying!" terrifying terrifying. Terrifying terrifying. Terrifying terrifying terrifying terrifying terrifying terrifying, terrifying terrifying terrifying.

Terrifying terrifying terrifying. Terrifying terrifying. Terrifying terrifying terrifying terrifying terrifying terrifying, terrifying terrifying terrifying. Terrifying terrifying terrifying terrifying terrifying, terrifying.

Terrifying terrifying terrifying terrifying terrifying terrifying terrifying terrifying terrifying. Terrifying terrifying. Terrifying terrifying.

Terrifying terrifying terrifying terrifying, terrifying terrifying. Terrifying terrifying terrifying terrifying terrifying terrifying, terrifying terrifying terrifying. Terrifying terrifying terrifying. Terrifying terrifying terrifying terrifying terrifying, terrifying.

"Terrifying terrifying terrifying terrifying", terrifying terrifying. "Terrifying terrifying terrifying terrifying terrifying terrifying terrifying."

Terrifying terrifying terrifying terrifying terrifying terrifying terrifying terrifying. Terrifying terrifying. Terrifying terrifying terrifying. Terrifying terrifying terrifying terrifying terrifying terrifying, terrifying terrifying terrifying terrifying terrifying terrifying terrifying terrifying terrifying terrifying, terrifying terrifying terrifying terrifying. Terrifying terrifying terrifying. Terrifying terrifying terrifying terrifying terrifying terrifying terrifying.

Terrifying terrifying terrifying terrifying terrifying terrifying, terrifying terrifying terrifying terrifying. Terrifying terrifying terrifying terrifying, terrifying terrifying. Terrifying terrifying. Terrifying terrifying terrifying terrifying terrifying terrifying, terrifying.

Terrifying terrifying terrifying terrifying. Terrifying terrifying terrifying terrifying terrifying terrifying, terrifying terrifying terrifying terrifying?

"Terrifying terrifying terrifying terrifying", terrifying terrifying terrifying.

Terrifying terrifying terrifying terrifying terrifying terrifying terrifying terrifying.

Terrifying - terrifying terrifying terrifying terrifying, terrifying terrifying. Terrifying terrifying terrifying terrifying terrifying terrifying, terrifying terrifying terrifying. Terrifying terrifying…terrifying. Terrifying terrifying terrifying terrifying terrifying, terrifying.

"Terrifying?" terrifying terrifying. "Terrifying terrifying terrifying terrifying terrifying terrifying terrifying terrifying terrifying terrifying?" Terrifying, terrifying terrifying. Terrifying terrifying terrifying terrifying terrifying terrifying terrifying terrifying terrifying, terrifying terrifying terrifying. Terrifying terrifying terrifying, terrifying.

Terrifying terrifying terrifying terrifying terrifying; terrifying terrifying terrifying terrifying terrifying. Terrifying terrifying. Terrifying terrifying terrifying terrifying terrifying terrifying, terrifying terrifying terrifying terrifying. Terrifying terrifying terrifying terrifying, terrifying terrifying.

Terrifying terrifying. Terrifying terrifying terrifying terrifying terrifying, terrifying.

Terrifying terrifying terrifying terrifying terrifying terrifying terrifying terrifying terrifying. Terrifying terrifying. Terrifying terrifying. Terrifying terrifying terrifying terrifying terrifying terrifying, terrifying terrifying terrifying terrifying. Terrifying terrifying terrifying terrifying, terrifying terrifying. Terrifying terrifying. Terrifying terrifying terrifying terrifying terrifying terrifying, terrifying.

Terrifying terrifying terrifying. Terrifying terrifying terrifying terrifying terrifying terrifying, terrifying.

Terrifying terrifying terrifying terrifying terrifying terrifying terrifying terrifying terrifying. Terrifying. Terrifying terrifying.

Terrifying terrifying terrifying terrifying terrifying terrifying terrifying terrifying terrifying. Terrifying terrifying terrifying. Terrifying!

"Terrifying terrifying terrifying terrifying", terrifying terrifying. "Terrifying terrifying terrifying terrifying terrifying terrifying terrifying."

Terrifying terrifying terrifying terrifying terrifying terrifying terrifying terrifying. Terrifying terrifying. Terrifying terrifying terrifying. Terrifying terrifying terrifying terrifying terrifying terrifying, terrifying terrifying terrifying terrifying terrifying terrifying terrifying terrifying terrifying terrifying, terrifying terrifying terrifying terrifying. Terrifying terrifying terrifying. Terrifying terrifying terrifying terrifying terrifying terrifying terrifying terrifying.

Terrifying terrifying terrifying terrifying terrifying terrifying, terrifying terrifying terrifying. Terrifying terrifying terrifying terrifying, terrifying terrifying. Terrifying terrifying. Terrifying terrifying terrifying terrifying terrifying terrifying, terrifying.

Terrifying terrifying terrifying terrifying, terrifying terrifying terrifying terrifying.

Terrifying. Terrifying. Terrifying. Terrifying terrifying. Terrifying terrifying terrifying terrifying terrifying terrifying, terrifying terrifying terrifying. Terrifying terrifying terrifying terrifying terrifying, terrifying.

"Terrifying terrifying terrifying", terrifying terrifying.

Terrifying terrifying terrifying terrifying terrifying terrifying. Terrifying terrifying terrifying terrifying terrifying terrifying, terrifying terrifying terrifying terrifying? Terrifying terrifying terrifying terrifying terrifying terrifying terrifying terrifying.

Terrifying terrifying terrifying terrifying terrifying terrifying terrifying terrifying terrifying terrifying.

"Terrifying terrifying terrifying", terrifying terrifying. "Terrifying terrifying terrifying terrifying terrifying terrifying terrifying terrifying."

Terrifying terrifying terrifying. Terrifying terrifying. Terrifying terrifying terrifying terrifying terrifying terrifying, terrifying terrifying terrifying. Terrifying terrifying terrifying terrifying terrifying, terrifying.

"Terrifying!" terrifying terrifying.

Terrifying terrifying terrifying terrifying terrifying, terrifying terrifying. Terrifying terrifying terrifying terrifying terrifying terrifying, terrifying terrifying terrifying. Terrifying terrifying terrifying. Terrifying terrifying terrifying terrifying terrifying, terrifying. Terrifying terrifying. Terrifying terrifying terrifying terrifying terrifying terrifying, terrifying terrifying terrifying.

Terrifying terrifying terrifying terrifying terrifying terrifying terrifying terrifying terrifying. Terrifying terrifying. Terrifying terrifying. Terrifying terrifying terrifying terrifying terrifying terrifying, terrifying terrifying terrifying terrifying. Terrifying terrifying terrifying terrifying, terrifying

terrifying. Terrifying terrifying. Terrifying terrifying terrifying terrifying terrifying terrifying, terrifying.

Terrifying terrifying terrifying terrifying terrifying; terrifying terrifying terrifying terrifying terrifying. Terrifying terrifying. Terrifying. Terrifying terrifying terrifying terrifying terrifying terrifying, terrifying terrifying terrifying terrifying. Terrifying terrifying terrifying terrifying, terrifying terrifying. Terrifying terrifying. Terrifying terrifying terrifying terrifying terrifying terrifying, terrifying.

Terrifying terrifying terrifying terrifying terrifying terrifying terrifying terrifying terrifying. Terrifying terrifying terrifying?

Terrifying terrifying terrifying. Terrifying terrifying terrifying terrifying terrifying terrifying, terrifying terrifying terrifying. Terrifying terrifying terrifying terrifying terrifying, terrifying.

Terrifying terrifying terrifying terrifying terrifying terrifying. Terrifying terrifying terrifying terrifying terrifying terrifying, terrifying terrifying terrifying terrifying?

"Terrifying terrifying terrifying terrifying terrifying", terrifying terrifying.

"Terrifying terrifying terrifying", terrifying terrifying. "Terrifying terrifying terrifying terrifying terrifying terrifying terrifying terrifying."

Terrifying terrifying terrifying terrifying terrifying terrifying terrifying terrifying. Terrifying terrifying terrifying. Terrifying terrifying. Terrifying terrifying terrifying terrifying terrifying, terrifying terrifying terrifying. Terrifying terrifying terrifying terrifying terrifying, terrifying.

"Terrifying?" terrifying terrifying. (Terrifying terrifying.) Terrifying terrifying terrifying terrifying terrifying terrifying, terrifying terrifying terrifying.

Terrifying - terrifying terrifying terrifying terrifying, terrifying terrifying. Terrifying terrifying terrifying terrifying terrifying terrifying, terrifying terrifying terrifying. Terrifying terrifying...terrifying. Terrifying terrifying terrifying terrifying terrifying, terrifying.

Terrifying terrifying terrifying terrifying terrifying terrifying terrifying terrifying terrifying. Terrifying terrifying. Terrifying terrifying. Terrifying terrifying terrifying terrifying terrifying, terrifying terrifying terrifying terrifying. Terrifying terrifying terrifying terrifying, terrifying terrifying. Terrifying terrifying. Terrifying terrifying terrifying terrifying terrifying terrifying, terrifying.

Terrifying terrifying terrifying terrifying terrifying; terrifying terrifying terrifying terrifying terrifying. Terrifying terrifying. Terrifying! Terrifying! Terrifying terrifying terrifying terrifying terrifying terrifying, terrifying terrifying terrifying terrifying. Terrifying terrifying terrifying terrifying, terrifying terrifying. Terrifying terrifying. Terrifying terrifying terrifying terrifying terrifying, terrifying.

Terrifying terrifying terrifying Terrifying Terrifying. Terrifying terrifying terrifying terrifying terrifying Terrifying Terrifying. Terrifying terrifying terrifying terrifying terrifying terrifying terrifying terrifying terrifying. Terrifying terrifying terrifying terrifying.

Terrifying terrifying terrifying terrifying terrifying terrifying terrifying terrifying terrifying terrifying terrifying.

Terrifying terrifying terrifying Terrifying Terrifying. Terrifying terrifying terrifying terrifying terrifying terrifying terrifying terrifying.

Terrifying terrifying terrifying terrifying terrifying; terrifying terrifying terrifying terrifying terrifying terrifying terrifying terrifying Terrifying (terrifying terrifying terrifying!) terrifying terrifying Terrifying Terrifying!

Terrifying. Terrifying. Terrifying. Terrifying terrifying. Terrifying terrifying terrifying terrifying terrifying terrifying, terrifying terrifying terrifying. Terrifying terrifying terrifying terrifying terrifying, terrifying.

"Terrifying terrifying terrifying", terrifying terrifying.

Terrifying terrifying terrifying terrifying terrifying terrifying. Terrifying terrifying terrifying terrifying terrifying terrifying, terrifying terrifying terrifying terrifying? Terrifying terrifying terrifying terrifying terrifying terrifying terrifying terrifying.

Terrifying terrifying terrifying terrifying terrifying terrifying terrifying terrifying terrifying terrifying.

"Terrifying terrifying terrifying", terrifying terrifying. "Terrifying terrifying terrifying terrifying terrifying terrifying terrifying terrifying."

Terrifying terrifying terrifying. Terrifying terrifying. Terrifying terrifying terrifying terrifying terrifying terrifying, terrifying terrifying terrifying. Terrifying terrifying terrifying terrifying terrifying, terrifying.

"Terrifying!" terrifying terrifying.

Terrifying terrifying terrifying terrifying terrifying, terrifying terrifying. Terrifying terrifying terrifying terrifying terrifying terrifying, terrifying terrifying terrifying. Terrifying terrifying terrifying. Terrifying terrifying terrifying terrifying terrifying, terrifying. Terrifying terrifying. Terrifying terrifying terrifying terrifying terrifying terrifying, terrifying terrifying terrifying.

Terrifying terrifying terrifying terrifying terrifying terrifying terrifying terrifying terrifying. Terrifying terrifying. Terrifying terrifying. Terrifying terrifying terrifying terrifying terrifying terrifying, terrifying terrifying terrifying terrifying. Terrifying terrifying terrifying terrifying, terrifying terrifying. Terrifying terrifying. Terrifying terrifying terrifying terrifying terrifying terrifying, terrifying.

Terrifying terrifying terrifying terrifying terrifying; terrifying terrifying terrifying terrifying terrifying. Terrifying terrifying. Terrifying. Terrifying

terrifying terrifying terrifying terrifying terrifying, terrifying terrifying terrifying terrifying. Terrifying terrifying terrifying terrifying, terrifying terrifying. Terrifying terrifying. Terrifying terrifying terrifying terrifying terrifying terrifying, terrifying.

Terrifying terrifying terrifying terrifying terrifying terrifying terrifying terrifying terrifying. Terrifying terrifying terrifying?

Terrifying terrifying terrifying. Terrifying terrifying terrifying terrifying terrifying terrifying, terrifying terrifying terrifying. Terrifying terrifying terrifying terrifying terrifying, terrifying.

Terrifying terrifying terrifying terrifying terrifying terrifying. Terrifying terrifying terrifying terrifying terrifying terrifying, terrifying terrifying terrifying terrifying?

"Terrifying terrifying terrifying terrifying terrifying", terrifying terrifying.

"Terrifying terrifying terrifying", terrifying terrifying. "Terrifying terrifying terrifying terrifying terrifying terrifying terrifying terrifying."

Terrifying terrifying terrifying terrifying terrifying terrifying terrifying terrifying. Terrifying terrifying terrifying. Terrifying terrifying. Terrifying terrifying terrifying terrifying terrifying, terrifying terrifying terrifying. Terrifying terrifying terrifying terrifying terrifying, terrifying.

"Terrifying?" terrifying terrifying. (Terrifying terrifying.) Terrifying terrifying terrifying terrifying terrifying terrifying, terrifying terrifying terrifying.

Terrifying terrifying terrifying terrifying terrifying, terrifying terrifying. Terrifying terrifying terrifying terrifying terrifying terrifying, terrifying terrifying terrifying. Terrifying terrifying…terrifying. Terrifying terrifying terrifying terrifying terrifying, terrifying.

Terrifying terrifying terrifying terrifying terrifying terrifying terrifying terrifying terrifying.

Terrifying terrifying. Terrifying terrifying. Terrifying terrifying terrifying terrifying terrifying terrifying, terrifying terrifying terrifying terrifying. Terrifying terrifying terrifying terrifying, terrifying terrifying. Terrifying terrifying. Terrifying terrifying terrifying terrifying.

Terrifying terrifying terrifying terrifying terrifying; terrifying terrifying terrifying terrifying terrifying. Terrifying terrifying terrifying, terrifying terrifying terrifying. Terrifying! Terrifying terrifying terrifying! Terrifying terrifying terrifying terrifying terrifying terrifying, terrifying terrifying. Terrifying terrifying terrifying, terrifying terrifying. Terrifying terrifying. Terrifying terrifying terrifying terrifying terrifying, terrifying.

Terrifying terrifying terrifying terrifying terrifying terrifying terrifying terrifying terrifying Terrifying Terrifying. Terrifying terrifying terrifying terrifying terrifying Terrifying Terrifying. Terrifying terrifying terrifying terrifying. Terrifying terrifying terrifying terrifying.

Terrifying terrifying terrifying terrifying terrifying terrifying terrifying terrifying terrifying terrifying terrifying.

Terrifying terrifying terrifying, terrifying terrifying terrifying terrifying. Terrifying terrifying terrifying terrifying terrifying terrifying, terrifying terrifying terrifying terrifying terrifying terrifying terrifying terrifying terrifying terrifying terrifying terrifying TERRIFYING TERRIFYING TERRIFYING TERRIFYING. Terrifying terrifying, terrifying terrifying terrifying terrifying, "terrifying terrifying, terrifying". Terrifying terrifying terrifying. Terrifying terrifying terrifying terrifying, terrifying terrifying terrifying terrifying terrifying terrifying. Terrifying terrifying terrifying terrifying terrifying terrifying terrifying.

Terrifying terrifying terrifying. Terrifying terrifying terrifying terrifying terrifying terrifying, terrifying terrifying terrifying. Terrifying terrifying terrifying terrifying terrifying, terrifying.

Terrifying terrifying terrifying terrifying terrifying terrifying. Terrifying terrifying terrifying terrifying terrifying terrifying, terrifying terrifying terrifying terrifying?

"Terrifying terrifying terrifying terrifying terrifying", terrifying terrifying.

"Terrifying terrifying terrifying", terrifying terrifying. "Terrifying terrifying terrifying terrifying terrifying terrifying terrifying terrifying."

Terrifying terrifying terrifying terrifying terrifying terrifying terrifying terrifying. Terrifying terrifying terrifying. Terrifying terrifying. Terrifying terrifying terrifying terrifying terrifying terrifying, terrifying terrifying terrifying. Terrifying terrifying terrifying terrifying terrifying, terrifying.

"Terrifying?" terrifying terrifying. (Terrifying terrifying.) Terrifying terrifying terrifying terrifying terrifying terrifying, terrifying terrifying terrifying.

Terrifying - terrifying terrifying terrifying terrifying, terrifying terrifying. Terrifying terrifying terrifying terrifying terrifying terrifying, terrifying terrifying terrifying. Terrifying terrifying...terrifying. Terrifying terrifying terrifying terrifying terrifying, terrifying.

Terrifying terrifying terrifying terrifying terrifying terrifying terrifying terrifying terrifying. Terrifying terrifying. Terrifying terrifying. Terrifying terrifying terrifying terrifying terrifying terrifying, terrifying terrifying terrifying terrifying. Terrifying terrifying terrifying terrifying, terrifying terrifying. Terrifying terrifying. Terrifying terrifying terrifying terrifying terrifying terrifying, terrifying.

Terrifying terrifying terrifying terrifying terrifying; terrifying terrifying terrifying terrifying terrifying. Terrifying terrifying. Terrifying! Terrifying! Terrifying terrifying terrifying terrifying terrifying terrifying, terrifying terrifying terrifying terrifying. Terrifying terrifying terrifying terrifying, terrifying terrifying. Terrifying terrifying. Terrifying terrifying terrifying terrifying terrifying, terrifying.

Terrifying terrifying terrifying terrifying terrifying terrifying terrifying terrifying terrifying. Terrifying terrifying terrifying.

Terrifying terrifying. "Terrifying terrifying terrifying terrifying terrifying terrifying, terrifying terrifying terrifying". Terrifying terrifying. Terrifying terrifying terrifying. Terrifying terrifying terrifying terrifying terrifying terrifying, terrifying terrifying terrifying terrifying terrifying terrifying terrifying terrifying terrifying terrifying terrifying, terrifying terrifying terrifying terrifying. Terrifying terrifying terrifying. Terrifying terrifying terrifying terrifying terrifying terrifying terrifying.

Terrifying terrifying terrifying. Terrifying terrifying terrifying terrifying terrifying terrifying, terrifying.

6. Terrifying

Terrifying terrifying terrifying terrifying terrifying terrifying terrifying terrifying. Terrifying terrifying terrifying. Terrifying terrifying terrifying. Terrifying terrifying terrifying terrifying terrifying terrifying, terrifying terrifying terrifying terrifying terrifying terrifying terrifying terrifying terrifying terrifying, terrifying terrifying terrifying terrifying. Terrifying terrifying terrifying. Terrifying terrifying terrifying terrifying terrifying terrifying.

"Terrifying terrifying terrifying terrifying", terrifying terrifying. "Terrifying terrifying terrifying terrifying terrifying terrifying terrifying."

"Terrifying terrifying terrifying terrifying", terrifying terrifying terrifying.

Terrifying terrifying terrifying. Terrifying terrifying terrifying terrifying terrifying terrifying terrifying, terrifying terrifying terrifying. TERRIFYING TERRIFYING TERRIFYING TERRIFYING TERRIFYING TERRIFYING. Terrifying terrifying terrifying terrifying terrifying, terrifying.

Terrifying terrifying terrifying terrifying terrifying terrifying terrifying terrifying.

Terrifying terrifying terrifying terrifying. Terrifying terrifying terrifying terrifying terrifying terrifying, terrifying terrifying terrifying terrifying?

"Terrifying terrifying terrifying", terrifying terrifying. "Terrifying terrifying terrifying terrifying terrifying terrifying terrifying terrifying."

Terrifying terrifying terrifying terrifying terrifying terrifying terrifying terrifying terrifying terrifying.

Terrifying terrifying terrifying. Terrifying terrifying. Terrifying terrifying terrifying terrifying terrifying terrifying, terrifying terrifying terrifying. Terrifying terrifying terrifying terrifying terrifying, terrifying.

7. Terrifying

Terrifying terrifying terrifying terrifying, terrifying terrifying. Terrifying terrifying terrifying terrifying terrifying terrifying, terrifying terrifying terrifying. Terrifying terrifying terrifying. Terrifying terrifying terrifying terrifying terrifying, terrifying.

Terrifying terrifying terrifying terrifying terrifying terrifying terrifying terrifying terrifying. Terrifying terrifying. Terrifying terrifying.

Terrifying terrifying terrifying terrifying terrifying terrifying, terrifying terrifying terrifying terrifying. Terrifying terrifying terrifying terrifying, terrifying terrifying. Terrifying terrifying. Terrifying terrifying terrifying terrifying terrifying terrifying, terrifying.

Terrifying terrifying terrifying. Terrifying terrifying. Terrifying terrifying terrifying terrifying terrifying terrifying, terrifying terrifying terrifying. Terrifying terrifying terrifying terrifying terrifying, terrifying.

Terrifying terrifying terrifying terrifying terrifying terrifying terrifying terrifying.

Terrifying terrifying terrifying terrifying terrifying terrifying. Terrifying terrifying terrifying terrifying terrifying terrifying, terrifying terrifying terrifying terrifying?

"Terrifying terrifying terrifying", terrifying terrifying.

"Terrifying terrifying terrifying", terrifying terrifying. "Terrifying terrifying terrifying terrifying terrifying terrifying terrifying terrifying."

Terrifying terrifying terrifying terrifying terrifying terrifying terrifying terrifying terrifying terrifying. Terrifying terrifying terrifying. Terrifying terrifying. Terrifying terrifying terrifying terrifying terrifying terrifying, terrifying terrifying terrifying. Terrifying terrifying terrifying terrifying terrifying, terrifying.

"Terrifying!" terrifying terrifying. Terrifying terrifying. Terrifying terrifying terrifying terrifying terrifying terrifying, terrifying terrifying terrifying.

Terrifying terrifying terrifying terrifying terrifying, terrifying terrifying. Terrifying terrifying terrifying terrifying terrifying terrifying, terrifying terrifying terrifying. Terrifying terrifying terrifying. Terrifying terrifying terrifying terrifying terrifying, terrifying.

Terrifying terrifying terrifying terrifying terrifying terrifying terrifying terrifying terrifying. Terrifying terrifying. Terrifying terrifying. Terrifying terrifying terrifying terrifying terrifying terrifying, terrifying terrifying terrifying terrifying. Terrifying terrifying terrifying terrifying, terrifying terrifying. Terrifying terrifying. Terrifying terrifying terrifying terrifying terrifying terrifying, terrifying.

Terrifying terrifying terrifying terrifying terrifying; terrifying terrifying terrifying terrifying terrifying. Terrifying terrifying. Terrifying. Terrifying terrifying terrifying terrifying terrifying terrifying, terrifying terrifying terrifying terrifying. Terrifying terrifying terrifying terrifying, terrifying terrifying. Terrifying terrifying. Terrifying terrifying terrifying terrifying terrifying terrifying, terrifying.

Terrifying terrifying terrifying terrifying terrifying terrifying terrifying terrifying terrifying. Terrifying?

Terrifying terrifying terrifying. Terrifying terrifying terrifying terrifying terrifying terrifying, terrifying terrifying terrifying. Terrifying terrifying terrifying terrifying terrifying, terrifying.

Terrifying terrifying terrifying terrifying terrifying terrifying. Terrifying terrifying terrifying terrifying terrifying terrifying, terrifying terrifying terrifying terrifying?

"Terrifying terrifying terrifying terrifying terrifying", terrifying terrifying.

"Terrifying terrifying terrifying", terrifying terrifying. "Terrifying terrifying terrifying terrifying terrifying terrifying terrifying terrifying."

Terrifying terrifying terrifying terrifying terrifying terrifying terrifying terrifying. Terrifying terrifying terrifying. Terrifying terrifying. Terrifying terrifying terrifying terrifying terrifying terrifying, terrifying terrifying terrifying. Terrifying terrifying terrifying terrifying terrifying, terrifying.

"Terrifying?" terrifying terrifying. Terrifying terrifying terrifying terrifying terrifying terrifying, terrifying terrifying terrifying.

Terrifying - terrifying terrifying terrifying terrifying, terrifying terrifying. Terrifying terrifying terrifying terrifying terrifying terrifying, terrifying terrifying terrifying. Terrifying terrifying…terrifying. Terrifying terrifying terrifying terrifying terrifying, terrifying.

Terrifying terrifying terrifying terrifying terrifying terrifying terrifying terrifying terrifying. Terrifying terrifying. Terrifying terrifying. Terrifying terrifying terrifying terrifying terrifying terrifying, terrifying terrifying terrifying terrifying. Terrifying terrifying terrifying terrifying, terrifying terrifying. Terrifying terrifying. Terrifying terrifying terrifying terrifying terrifying terrifying, terrifying.

Terrifying terrifying terrifying terrifying terrifying; terrifying terrifying terrifying terrifying terrifying. Terrifying!Terrifying terrifying. Terrifying terrifying terrifying terrifying terrifying terrifying, terrifying terrifying terrifying terrifying. Terrifying terrifying terrifying terrifying, terrifying terrifying. Terrifying terrifying. Terrifying terrifying terrifying terrifying terrifying, terrifying.

Terrifying terrifying terrifying terrifying terrifying terrifying terrifying terrifying terrifying. Terrifying terrifying terrifying.

Terrifying terrifying terrifying. Terrifying terrifying terrifying terrifying terrifying terrifying, terrifying.

Terrifying terrifying terrifying terrifying terrifying terrifying terrifying terrifying terrifying. Terrifying. Terrifying terrifying.

Terrifying terrifying terrifying terrifying terrifying terrifying terrifying terrifying. Terrifying terrifying. Terrifying terrifying terrifying. Terrifying terrifying terrifying terrifying terrifying terrifying, terrifying terrifying terrifying terrifying terrifying terrifying terrifying terrifying terrifying terrifying, terrifying terrifying terrifying terrifying. Terrifying terrifying terrifying. Terrifying terrifying terrifying terrifying terrifying terrifying terrifying.

"Terrifying terrifying terrifying terrifying", terrifying terrifying. "Terrifying terrifying terrifying terrifying terrifying terrifying terrifying."

"Terrifying terrifying terrifying terrifying", terrifying terrifying terrifying.

Terrifying terrifying terrifying terrifying terrifying terrifying, terrifying terrifying terrifying terrifying. Terrifying terrifying terrifying terrifying, terrifying terrifying. Terrifying terrifying. Terrifying terrifying terrifying terrifying terrifying terrifying, terrifying.

Terrifying terrifying terrifying. Terrifying terrifying terrifying terrifying terrifying terrifying, terrifying terrifying terrifying. Terrifying terrifying terrifying terrifying terrifying, terrifying.

Terrifying terrifying terrifying terrifying terrifying terrifying. Terrifying terrifying terrifying terrifying terrifying terrifying, terrifying terrifying terrifying terrifying?

"Terrifying terrifying terrifying terrifying terrifying", terrifying terrifying.

"Terrifying terrifying terrifying", terrifying terrifying. "Terrifying terrifying terrifying terrifying terrifying terrifying terrifying terrifying."

Terrifying terrifying terrifying terrifying terrifying terrifying terrifying terrifying. Terrifying terrifying terrifying. Terrifying terrifying. Terrifying terrifying terrifying terrifying terrifying terrifying, terrifying terrifying terrifying. Terrifying terrifying terrifying terrifying terrifying, terrifying.

"Terrifying?" terrifying terrifying. (Terrifying terrifying.) Terrifying terrifying terrifying terrifying terrifying terrifying, terrifying terrifying terrifying.

Terrifying - terrifying terrifying terrifying terrifying, terrifying terrifying. Terrifying terrifying terrifying terrifying terrifying terrifying, terrifying terrifying terrifying. Terrifying terrifying…terrifying. Terrifying terrifying terrifying terrifying terrifying, terrifying.

Terrifying terrifying terrifying terrifying terrifying terrifying terrifying terrifying terrifying. Terrifying terrifying. Terrifying terrifying. Terrifying terrifying terrifying terrifying terrifying terrifying, terrifying terrifying terrifying terrifying. Terrifying terrifying terrifying terrifying, terrifying terrifying. Terrifying terrifying. Terrifying terrifying terrifying terrifying terrifying terrifying, terrifying.

Terrifying terrifying terrifying terrifying terrifying; terrifying terrifying terrifying terrifying terrifying. Terrifying terrifying. Terrifying! Terrifying! Terrifying terrifying terrifying terrifying terrifying terrifying, terrifying terrifying terrifying terrifying. Terrifying terrifying terrifying terrifying, terrifying terrifying. Terrifying terrifying. Terrifying terrifying terrifying terrifying terrifying, terrifying.

Terrifying terrifying terrifying terrifying terrifying terrifying terrifying terrifying terrifying. Terrifying terrifying terrifying.

Terrifying terrifying. "Terrifying terrifying terrifying terrifying terrifying terrifying, terrifying terrifying terrifying". Terrifying terrifying terrifying terrifying terrifying terrifying terrifying terrifying terrifying.

Terrifying terrifying terrifying. Terrifying terrifying terrifying terrifying terrifying terrifying, terrifying.

Terrifying terrifying terrifying terrifying terrifying terrifying terrifying terrifying terrifying. Terrifying. Terrifying terrifying.

Terrifying terrifying terrifying terrifying terrifying terrifying terrifying terrifying. Terrifying terrifying terrifying. Terrifying terrifying terrifying. Terrifying terrifying terrifying terrifying terrifying terrifying, terrifying terrifying terrifying terrifying terrifying terrifying terrifying terrifying terrifying terrifying, terrifying terrifying terrifying terrifying. Terrifying terrifying terrifying. Terrifying terrifying terrifying terrifying terrifying terrifying.

"Terrifying terrifying terrifying terrifying", terrifying terrifying. "Terrifying terrifying terrifying terrifying terrifying terrifying terrifying."

"Terrifying terrifying terrifying terrifying", terrifying terrifying terrifying.

Terrifying terrifying terrifying. Terrifying terrifying terrifying terrifying terrifying terrifying terrifying, terrifying terrifying terrifying. Terrifying terrifying terrifying terrifying terrifying, terrifying. Terrifying terrifying terrifying terrifying terrifying terrifying terrifying terrifying.

Terrifying terrifying terrifying terrifying. Terrifying terrifying terrifying terrifying terrifying terrifying, terrifying terrifying terrifying terrifying?

"Terrifying terrifying terrifying", terrifying terrifying. "Terrifying terrifying terrifying terrifying terrifying terrifying terrifying terrifying."

Terrifying terrifying terrifying terrifying terrifying terrifying terrifying terrifying terrifying terrifying terrifying.

Terrifying terrifying terrifying. Terrifying terrifying. Terrifying terrifying terrifying terrifying terrifying terrifying, terrifying terrifying terrifying. Terrifying terrifying terrifying terrifying terrifying, terrifying.

"Terrifying!" terrifying terrifying. Terrifying terrifying. Terrifying terrifying terrifying terrifying terrifying terrifying, terrifying terrifying terrifying.

Terrifying terrifying terrifying terrifying, terrifying terrifying. Terrifying terrifying terrifying terrifying terrifying terrifying, terrifying terrifying

terrifying. Terrifying terrifying terrifying. Terrifying terrifying terrifying terrifying terrifying, terrifying.

Terrifying terrifying terrifying terrifying terrifying terrifying terrifying terrifying terrifying. Terrifying terrifying. Terrifying terrifying.

Terrifying terrifying terrifying terrifying terrifying terrifying, terrifying terrifying terrifying terrifying. Terrifying terrifying terrifying terrifying, terrifying terrifying. Terrifying terrifying. Terrifying terrifying terrifying terrifying terrifying terrifying, terrifying.

Terrifying terrifying terrifying. Terrifying terrifying. Terrifying terrifying terrifying terrifying terrifying terrifying, terrifying terrifying terrifying. Terrifying terrifying terrifying terrifying terrifying, terrifying.

Terrifying terrifying terrifying terrifying terrifying terrifying terrifying terrifying.

Terrifying terrifying terrifying terrifying terrifying terrifying. Terrifying terrifying terrifying terrifying terrifying terrifying, terrifying terrifying terrifying terrifying?

"Terrifying terrifying terrifying", terrifying terrifying.

"Terrifying terrifying terrifying", terrifying terrifying. "Terrifying terrifying terrifying terrifying terrifying terrifying terrifying terrifying."

Terrifying terrifying terrifying terrifying terrifying terrifying terrifying terrifying terrifying terrifying. Terrifying terrifying terrifying. Terrifying terrifying. Terrifying terrifying terrifying terrifying terrifying terrifying, terrifying terrifying terrifying. Terrifying terrifying terrifying terrifying terrifying, terrifying.

"Terrifying!" terrifying terrifying. Terrifying terrifying. Terrifying terrifying terrifying terrifying terrifying terrifying, terrifying terrifying terrifying.

Terrifying terrifying terrifying terrifying terrifying, terrifying terrifying. Terrifying terrifying terrifying terrifying terrifying terrifying, terrifying terrifying terrifying. Terrifying terrifying terrifying. Terrifying terrifying terrifying terrifying terrifying, terrifying.

Terrifying terrifying terrifying terrifying terrifying terrifying terrifying terrifying terrifying. Terrifying terrifying. Terrifying terrifying. Terrifying terrifying terrifying terrifying terrifying, terrifying terrifying terrifying terrifying. Terrifying terrifying terrifying terrifying, terrifying terrifying. Terrifying terrifying. Terrifying terrifying terrifying terrifying terrifying terrifying, terrifying.

Terrifying terrifying terrifying terrifying terrifying; terrifying terrifying terrifying terrifying terrifying. Terrifying terrifying. Terrifying. Terrifying terrifying terrifying terrifying terrifying, terrifying terrifying terrifying terrifying. Terrifying terrifying terrifying terrifying, terrifying terrifying. Terrifying terrifying. Terrifying terrifying terrifying terrifying terrifying terrifying, terrifying.

Terrifying terrifying terrifying terrifying terrifying terrifying terrifying terrifying terrifying. Terrifying?

Terrifying terrifying terrifying. Terrifying terrifying terrifying terrifying terrifying terrifying, terrifying terrifying terrifying. Terrifying terrifying terrifying terrifying terrifying, terrifying.

Terrifying terrifying terrifying terrifying terrifying terrifying. Terrifying terrifying terrifying terrifying terrifying terrifying, terrifying terrifying terrifying terrifying?

"Terrifying terrifying terrifying terrifying terrifying", terrifying terrifying.

"Terrifying terrifying terrifying", terrifying terrifying. "Terrifying terrifying terrifying terrifying terrifying terrifying terrifying terrifying."

Terrifying terrifying terrifying terrifying terrifying terrifying terrifying terrifying. Terrifying terrifying terrifying. Terrifying terrifying. Terrifying

terrifying terrifying terrifying terrifying terrifying, terrifying terrifying terrifying. Terrifying terrifying terrifying terrifying terrifying, terrifying.

"Terrifying?" terrifying terrifying. (Terrifying terrifying.) Terrifying terrifying terrifying terrifying terrifying terrifying, terrifying terrifying terrifying.

Terrifying - terrifying terrifying terrifying terrifying, terrifying terrifying. Terrifying terrifying terrifying terrifying terrifying terrifying, terrifying terrifying terrifying. Terrifying terrifying…terrifying. Terrifying terrifying terrifying terrifying terrifying, terrifying.

Terrifying terrifying terrifying terrifying terrifying terrifying terrifying terrifying terrifying. Terrifying terrifying. Terrifying terrifying. Terrifying terrifying terrifying terrifying terrifying terrifying, terrifying terrifying terrifying terrifying. Terrifying terrifying terrifying terrifying, terrifying terrifying. Terrifying terrifying. Terrifying terrifying terrifying terrifying terrifying terrifying, terrifying.

Terrifying terrifying terrifying terrifying terrifying; terrifying terrifying terrifying terrifying terrifying. Terrifying terrifying. Terrifying terrifying terrifying terrifying terrifying terrifying, terrifying terrifying terrifying terrifying. Terrifying terrifying terrifying terrifying, terrifying terrifying. Terrifying terrifying. Terrifying terrifying terrifying terrifying terrifying, terrifying.

Terrifying terrifying terrifying terrifying terrifying terrifying terrifying terrifying terrifying. Terrifying terrifying terrifying.

Terrifying terrifying terrifying. Terrifying terrifying terrifying terrifying terrifying terrifying, terrifying.

Terrifying terrifying terrifying terrifying terrifying terrifying terrifying terrifying terrifying. Terrifying. Terrifying terrifying.

Terrifying terrifying terrifying terrifying terrifying terrifying terrifying terrifying. Terrifying terrifying. Terrifying terrifying terrifying. Terrifying

terrifying terrifying terrifying terrifying terrifying, terrifying terrifying terrifying terrifying terrifying terrifying terrifying terrifying terrifying terrifying, terrifying terrifying terrifying terrifying. Terrifying terrifying terrifying. Terrifying terrifying terrifying terrifying terrifying terrifying terrifying.

"Terrifying terrifying terrifying terrifying", terrifying terrifying. "Terrifying terrifying terrifying terrifying terrifying terrifying terrifying."

"Terrifying terrifying terrifying terrifying", terrifying terrifying terrifying.

Terrifying terrifying terrifying terrifying terrifying terrifying, terrifying terrifying terrifying terrifying. Terrifying terrifying terrifying terrifying, terrifying terrifying. Terrifying terrifying. Terrifying terrifying terrifying terrifying terrifying terrifying, terrifying.

Terrifying terrifying terrifying terrifying terrifying, terrifying terrifying. Terrifying terrifying terrifying terrifying terrifying terrifying, terrifying terrifying terrifying. Terrifying terrifying terrifying. Terrifying terrifying terrifying terrifying terrifying, terrifying.

Terrifying terrifying terrifying terrifying terrifying terrifying terrifying terrifying terrifying. Terrifying terrifying. Terrifying terrifying. Terrifying terrifying terrifying terrifying terrifying terrifying, terrifying terrifying terrifying terrifying. Terrifying terrifying terrifying terrifying, terrifying terrifying. Terrifying terrifying. Terrifying terrifying terrifying terrifying terrifying terrifying, terrifying.

Terrifying terrifying terrifying terrifying terrifying; terrifying terrifying terrifying terrifying terrifying. Terrifying terrifying. Terrifying. Terrifying terrifying terrifying terrifying terrifying terrifying, terrifying terrifying terrifying terrifying. Terrifying terrifying terrifying terrifying terrifying, terrifying terrifying. Terrifying terrifying. Terrifying terrifying terrifying terrifying terrifying terrifying, terrifying.

Terrifying terrifying terrifying terrifying terrifying terrifying terrifying terrifying terrifying. Terrifying?

Terrifying terrifying terrifying. Terrifying terrifying terrifying terrifying terrifying terrifying, terrifying terrifying terrifying. Terrifying terrifying terrifying terrifying terrifying, terrifying.

Terrifying terrifying terrifying terrifying terrifying terrifying. Terrifying terrifying terrifying terrifying terrifying terrifying, terrifying terrifying terrifying terrifying?

"Terrifying terrifying terrifying terrifying terrifying", terrifying terrifying.

"Terrifying terrifying terrifying", terrifying terrifying. "Terrifying terrifying terrifying terrifying terrifying terrifying terrifying terrifying."

Terrifying terrifying terrifying terrifying terrifying terrifying terrifying terrifying. Terrifying terrifying terrifying. Terrifying terrifying. Terrifying terrifying terrifying terrifying terrifying terrifying, terrifying terrifying terrifying. Terrifying terrifying terrifying terrifying terrifying, terrifying.

"Terrifying?" terrifying terrifying. Terrifying terrifying terrifying terrifying terrifying terrifying, terrifying terrifying terrifying. (Terrifying terrifying.)

Terrifying - terrifying terrifying terrifying terrifying, terrifying terrifying. Terrifying terrifying terrifying terrifying terrifying terrifying, terrifying terrifying terrifying. Terrifying terrifying...terrifying. Terrifying terrifying terrifying terrifying terrifying, terrifying.

Terrifying terrifying terrifying terrifying terrifying terrifying terrifying terrifying terrifying. Terrifying terrifying. Terrifying terrifying. Terrifying terrifying terrifying terrifying terrifying, terrifying terrifying terrifying terrifying. Terrifying terrifying terrifying terrifying, terrifying terrifying. Terrifying terrifying. Terrifying terrifying terrifying terrifying terrifying terrifying, terrifying.

Terrifying terrifying terrifying terrifying terrifying; terrifying terrifying terrifying terrifying terrifying. Terrifying terrifying. Terrifying! Terrifying!

Terrifying terrifying terrifying terrifying terrifying terrifying, terrifying terrifying terrifying terrifying. Terrifying terrifying terrifying terrifying, terrifying terrifying. Terrifying terrifying. Terrifying terrifying terrifying terrifying terrifying, terrifying.

Terrifying terrifying terrifying terrifying terrifying terrifying terrifying terrifying terrifying. Terrifying terrifying terrifying.

Terrifying terrifying. "Terrifying terrifying terrifying terrifying terrifying terrifying, terrifying terrifying terrifying". Terrifying terrifying terrifying terrifying terrifying, terrifying.

Terrifying terrifying terrifying. Terrifying terrifying terrifying terrifying terrifying terrifying, terrifying.

Terrifying terrifying terrifying terrifying terrifying terrifying terrifying terrifying terrifying. Terrifying. Terrifying terrifying.

Terrifying terrifying terrifying terrifying terrifying terrifying terrifying terrifying. Terrifying terrifying terrifying. Terrifying terrifying terrifying. Terrifying terrifying terrifying terrifying terrifying terrifying, terrifying terrifying terrifying terrifying terrifying terrifying terrifying terrifying terrifying, terrifying terrifying terrifying terrifying. Terrifying terrifying terrifying terrifying terrifying terrifying. Terrifying terrifying terrifying.

"Terrifying terrifying terrifying terrifying", terrifying terrifying terrifying.

"Terrifying terrifying terrifying terrifying", terrifying terrifying. TERRIFYING. "Terrifying terrifying terrifying terrifying terrifying terrifying terrifying."

Terrifying terrifying terrifying. Terrifying terrifying terrifying terrifying terrifying terrifying terrifying, terrifying terrifying terrifying. Terrifying terrifying terrifying terrifying terrifying, terrifying.

Terrifying terrifying terrifying terrifying terrifying terrifying terrifying terrifying.

Terrifying terrifying terrifying terrifying. Terrifying terrifying terrifying terrifying terrifying terrifying, terrifying terrifying terrifying terrifying?

"Terrifying terrifying terrifying", terrifying terrifying. "Terrifying terrifying terrifying terrifying terrifying terrifying terrifying terrifying."

Terrifying terrifying terrifying terrifying terrifying terrifying terrifying terrifying terrifying terrifying terrifying.

Terrifying terrifying terrifying. Terrifying terrifying. Terrifying terrifying terrifying terrifying terrifying terrifying, terrifying terrifying terrifying. Terrifying terrifying terrifying terrifying terrifying, terrifying.

"Terrifying!" terrifying terrifying. Terrifying terrifying. Terrifying terrifying terrifying terrifying terrifying terrifying, terrifying terrifying terrifying.

Terrifying terrifying terrifying terrifying, terrifying terrifying. Terrifying terrifying terrifying terrifying terrifying terrifying, terrifying terrifying terrifying. Terrifying terrifying terrifying. Terrifying terrifying terrifying terrifying terrifying, terrifying.

Terrifying terrifying terrifying terrifying terrifying terrifying terrifying terrifying terrifying. Terrifying terrifying. Terrifying terrifying.

Terrifying terrifying terrifying terrifying terrifying terrifying, terrifying terrifying terrifying terrifying. Terrifying terrifying terrifying terrifying, terrifying terrifying. Terrifying terrifying. Terrifying terrifying terrifying terrifying terrifying terrifying, terrifying.

Terrifying terrifying terrifying. Terrifying terrifying. Terrifying terrifying terrifying terrifying terrifying terrifying, terrifying terrifying terrifying. Terrifying terrifying terrifying terrifying terrifying, terrifying.

Terrifying terrifying terrifying terrifying terrifying terrifying terrifying terrifying.

Terrifying terrifying terrifying terrifying terrifying terrifying. Terrifying terrifying terrifying terrifying terrifying terrifying, terrifying terrifying terrifying terrifying?

"Terrifying terrifying terrifying", terrifying terrifying.

"Terrifying terrifying terrifying", terrifying terrifying. "Terrifying terrifying terrifying terrifying terrifying terrifying terrifying terrifying."

Terrifying terrifying terrifying terrifying terrifying terrifying terrifying terrifying terrifying terrifying. Terrifying terrifying terrifying. Terrifying terrifying. Terrifying terrifying terrifying terrifying terrifying terrifying, terrifying terrifying terrifying. Terrifying terrifying terrifying terrifying terrifying, terrifying.

"Terrifying!" terrifying terrifying. Terrifying terrifying. Terrifying terrifying terrifying terrifying terrifying terrifying, terrifying terrifying terrifying.

Terrifying terrifying terrifying terrifying terrifying, terrifying terrifying. Terrifying terrifying terrifying terrifying terrifying terrifying terrifying, terrifying terrifying terrifying. Terrifying terrifying terrifying. Terrifying terrifying terrifying terrifying terrifying, terrifying.

Terrifying terrifying terrifying terrifying terrifying terrifying terrifying terrifying terrifying. Terrifying terrifying. Terrifying terrifying. Terrifying terrifying terrifying terrifying terrifying terrifying, terrifying terrifying terrifying terrifying. Terrifying terrifying terrifying terrifying, terrifying terrifying. Terrifying terrifying. Terrifying terrifying terrifying terrifying terrifying terrifying, terrifying.

Terrifying terrifying terrifying terrifying terrifying; terrifying terrifying terrifying terrifying terrifying. Terrifying terrifying. Terrifying. Terrifying terrifying terrifying terrifying terrifying terrifying, terrifying terrifying terrifying terrifying. Terrifying terrifying terrifying terrifying, terrifying

terrifying. Terrifying terrifying. Terrifying terrifying terrifying terrifying terrifying terrifying, terrifying.

Terrifying terrifying terrifying terrifying terrifying terrifying terrifying terrifying terrifying. Terrifying?

Terrifying terrifying terrifying. Terrifying terrifying terrifying terrifying terrifying terrifying, terrifying terrifying terrifying. Terrifying terrifying terrifying terrifying terrifying, terrifying.

Terrifying terrifying terrifying terrifying terrifying terrifying. Terrifying terrifying terrifying terrifying terrifying terrifying, terrifying terrifying terrifying terrifying?

"Terrifying terrifying terrifying terrifying terrifying", terrifying terrifying.

"Terrifying terrifying terrifying", terrifying terrifying. "Terrifying terrifying terrifying terrifying terrifying terrifying terrifying terrifying."

Terrifying terrifying terrifying terrifying terrifying terrifying terrifying terrifying. Terrifying terrifying terrifying. Terrifying terrifying. Terrifying terrifying terrifying terrifying terrifying terrifying, terrifying terrifying terrifying. Terrifying terrifying terrifying terrifying terrifying, terrifying.

"Terrifying?" terrifying terrifying. (Terrifying terrifying.) Terrifying terrifying terrifying terrifying terrifying terrifying, terrifying terrifying terrifying.

Terrifying - terrifying terrifying terrifying terrifying, terrifying terrifying. Terrifying terrifying terrifying terrifying terrifying terrifying, terrifying terrifying terrifying. Terrifying terrifying…terrifying. Terrifying terrifying terrifying terrifying terrifying, terrifying.

Terrifying terrifying terrifying terrifying terrifying terrifying terrifying terrifying terrifying. Terrifying terrifying. Terrifying terrifying. Terrifying terrifying terrifying terrifying terrifying terrifying, terrifying terrifying

terrifying terrifying. Terrifying terrifying terrifying terrifying, terrifying terrifying. Terrifying terrifying. Terrifying terrifying terrifying terrifying terrifying terrifying, terrifying.

Terrifying terrifying terrifying terrifying terrifying; terrifying terrifying terrifying terrifying terrifying. Terrifying terrifying. Terrifying terrifying terrifying terrifying terrifying terrifying, terrifying terrifying terrifying terrifying. Terrifying terrifying terrifying terrifying, terrifying terrifying. Terrifying terrifying. Terrifying terrifying terrifying terrifying terrifying, terrifying.

Terrifying terrifying terrifying terrifying terrifying terrifying terrifying terrifying terrifying. Terrifying terrifying terrifying. Terrifying!

Terrifying terrifying terrifying. Terrifying terrifying terrifying terrifying terrifying terrifying, terrifying.

Terrifying terrifying terrifying terrifying terrifying terrifying terrifying terrifying terrifying. Terrifying. Terrifying terrifying.

Terrifying terrifying terrifying terrifying terrifying terrifying terrifying terrifying. Terrifying terrifying. Terrifying terrifying terrifying. Terrifying terrifying terrifying terrifying terrifying, terrifying terrifying terrifying terrifying terrifying terrifying terrifying terrifying terrifying, terrifying terrifying terrifying terrifying. Terrifying terrifying terrifying. Terrifying terrifying terrifying terrifying terrifying terrifying terrifying.

"Terrifying terrifying terrifying terrifying", terrifying terrifying. "Terrifying terrifying terrifying terrifying terrifying terrifying terrifying."

"Terrifying terrifying terrifying terrifying", terrifying terrifying terrifying.

8. Terrifying

Terrifying terrifying terrifying terrifying terrifying terrifying, terrifying terrifying terrifying terrifying. Terrifying terrifying terrifying terrifying, terrifying terrifying. Terrifying terrifying. Terrifying terrifying terrifying terrifying terrifying terrifying, terrifying.

Terrifying terrifying terrifying terrifying terrifying terrifying terrifying terrifying terrifying, terrifying terrifying terrifying. Terrifying terrifying terrifying, terrifying.

Terrifying terrifying terrifying terrifying terrifying terrifying terrifying terrifying.

Terrifying terrifying terrifying terrifying. Terrifying terrifying terrifying terrifying terrifying terrifying, terrifying terrifying terrifying terrifying?

"Terrifying terrifying terrifying", terrifying terrifying. "Terrifying terrifying terrifying terrifying terrifying terrifying terrifying terrifying."

Terrifying terrifying terrifying terrifying terrifying terrifying terrifying terrifying terrifying terrifying terrifying.

Terrifying terrifying terrifying. Terrifying terrifying. Terrifying terrifying terrifying terrifying terrifying terrifying, terrifying terrifying terrifying. Terrifying terrifying terrifying terrifying terrifying, terrifying.

"Terrifying!" terrifying terrifying. Terrifying terrifying. Terrifying terrifying terrifying terrifying terrifying terrifying, terrifying terrifying terrifying.

Terrifying terrifying terrifying terrifying, terrifying terrifying. Terrifying terrifying terrifying terrifying terrifying terrifying, terrifying terrifying terrifying. Terrifying terrifying terrifying. Terrifying terrifying terrifying terrifying terrifying, terrifying.

Terrifying terrifying terrifying terrifying terrifying terrifying terrifying terrifying terrifying. Terrifying terrifying. Terrifying terrifying.

Terrifying terrifying terrifying terrifying terrifying terrifying terrifying terrifying. Terrifying terrifying. Terrifying terrifying terrifying. Terrifying terrifying terrifying terrifying terrifying terrifying, terrifying terrifying terrifying terrifying terrifying terrifying terrifying terrifying terrifying terrifying, terrifying terrifying terrifying terrifying. Terrifying terrifying terrifying. Terrifying terrifying terrifying terrifying terrifying terrifying terrifying.

"Terrifying terrifying terrifying terrifying", terrifying terrifying. "Terrifying terrifying terrifying terrifying terrifying terrifying terrifying."

"Terrifying terrifying terrifying terrifying", terrifying terrifying terrifying.

Terrifying terrifying terrifying terrifying terrifying terrifying, terrifying terrifying terrifying terrifying. Terrifying terrifying terrifying terrifying, terrifying terrifying. Terrifying terrifying. Terrifying terrifying terrifying terrifying terrifying terrifying, terrifying.

Terrifying terrifying terrifying terrifying terrifying terrifying terrifying terrifying.

Terrifying terrifying terrifying terrifying. Terrifying terrifying terrifying terrifying terrifying terrifying, terrifying terrifying terrifying terrifying?

"Terrifying?" terrifying terrifying. "Terrifying terrifying terrifying terrifying terrifying terrifying terrifying terrifying terrifying terrifying?" Terrifying, terrifying terrifying. Terrifying terrifying terrifying terrifying terrifying terrifying terrifying terrifying terrifying, terrifying terrifying terrifying. Terrifying terrifying terrifying, terrifying.

Terrifying - terrifying terrifying terrifying terrifying, terrifying terrifying. Terrifying terrifying terrifying terrifying terrifying terrifying, terrifying terrifying terrifying. Terrifying terrifying…terrifying. Terrifying terrifying terrifying terrifying terrifying, terrifying.

Terrifying terrifying terrifying terrifying terrifying terrifying terrifying terrifying terrifying. Terrifying terrifying. Terrifying terrifying. Terrifying terrifying terrifying terrifying terrifying terrifying, terrifying terrifying terrifying terrifying. Terrifying terrifying terrifying terrifying, terrifying terrifying. Terrifying terrifying. Terrifying terrifying terrifying terrifying terrifying terrifying, terrifying.

Terrifying terrifying terrifying terrifying terrifying; terrifying terrifying terrifying terrifying terrifying. Terrifying terrifying. Terrifying terrifying terrifying terrifying terrifying terrifying, terrifying terrifying terrifying terrifying. Terrifying terrifying terrifying terrifying terrifying, terrifying terrifying. Terrifying terrifying. Terrifying terrifying terrifying terrifying terrifying, terrifying.

Terrifying terrifying terrifying terrifying terrifying terrifying terrifying terrifying terrifying. Terrifying terrifying terrifying.

Terrifying terrifying terrifying. Terrifying terrifying terrifying terrifying terrifying terrifying, terrifying.

Terrifying terrifying terrifying terrifying terrifying terrifying terrifying terrifying terrifying. Terrifying. Terrifying terrifying.

Terrifying terrifying terrifying terrifying terrifying terrifying terrifying terrifying. Terrifying terrifying. Terrifying terrifying terrifying. Terrifying terrifying terrifying terrifying terrifying, terrifying terrifying terrifying terrifying terrifying terrifying terrifying terrifying terrifying terrifying, terrifying terrifying terrifying terrifying. Terrifying terrifying terrifying. Terrifying terrifying terrifying terrifying terrifying terrifying terrifying terrifying.

"Terrifying terrifying terrifying terrifying", terrifying terrifying. "Terrifying terrifying terrifying terrifying terrifying terrifying terrifying."

Terrifying terrifying terrifying terrifying, terrifying terrifying terrifying terrifying.

Terrifying terrifying terrifying terrifying terrifying terrifying, terrifying terrifying terrifying. Terrifying terrifying terrifying terrifying, terrifying terrifying. Terrifying terrifying. Terrifying terrifying terrifying terrifying terrifying terrifying, terrifying.

Terrifying terrifying terrifying. Terrifying terrifying terrifying terrifying terrifying terrifying, terrifying.

Terrifying terrifying terrifying terrifying terrifying terrifying terrifying terrifying terrifying. Terrifying. Terrifying terrifying.

Terrifying terrifying terrifying terrifying terrifying terrifying terrifying terrifying. Terrifying terrifying terrifying. Terrifying terrifying terrifying. Terrifying terrifying terrifying terrifying terrifying terrifying, terrifying terrifying terrifying terrifying terrifying terrifying terrifying terrifying terrifying terrifying, terrifying terrifying terrifying terrifying.

"Terrifying terrifying terrifying terrifying", terrifying terrifying. "Terrifying terrifying terrifying terrifying terrifying terrifying terrifying."

Terrifying terrifying terrifying. Terrifying terrifying terrifying terrifying terrifying terrifying.

"Terrifying terrifying terrifying terrifying", terrifying terrifying terrifying.

Terrifying terrifying terrifying. Terrifying terrifying terrifying terrifying terrifying terrifying terrifying, terrifying terrifying terrifying. Terrifying terrifying terrifying terrifying terrifying, terrifying.

Terrifying terrifying terrifying terrifying terrifying terrifying terrifying terrifying.

Terrifying terrifying terrifying terrifying. Terrifying terrifying terrifying terrifying terrifying terrifying, terrifying terrifying terrifying terrifying?

"Terrifying terrifying terrifying", terrifying terrifying. "Terrifying terrifying terrifying terrifying terrifying terrifying terrifying terrifying."

Terrifying terrifying terrifying terrifying terrifying terrifying terrifying terrifying terrifying terrifying terrifying. TERRIFYING.

Terrifying terrifying terrifying. Terrifying terrifying. Terrifying terrifying terrifying terrifying terrifying terrifying, terrifying terrifying terrifying. Terrifying terrifying terrifying terrifying terrifying, terrifying.

"Terrifying!" terrifying terrifying. Terrifying terrifying. Terrifying terrifying terrifying terrifying terrifying terrifying, terrifying terrifying terrifying.

Terrifying terrifying terrifying terrifying, terrifying terrifying. Terrifying terrifying terrifying terrifying terrifying terrifying, terrifying terrifying terrifying. Terrifying terrifying terrifying. Terrifying terrifying terrifying terrifying terrifying, terrifying.

Terrifying terrifying terrifying terrifying terrifying terrifying terrifying terrifying terrifying. Terrifying terrifying. Terrifying terrifying.

Terrifying terrifying terrifying terrifying terrifying terrifying, terrifying terrifying terrifying terrifying. Terrifying terrifying terrifying terrifying, terrifying terrifying. Terrifying terrifying. Terrifying terrifying terrifying terrifying terrifying terrifying, terrifying.

Terrifying terrifying terrifying. Terrifying terrifying. Terrifying terrifying terrifying terrifying terrifying terrifying, terrifying terrifying terrifying. Terrifying terrifying terrifying terrifying terrifying, terrifying.

Terrifying terrifying terrifying terrifying terrifying terrifying terrifying terrifying.

Terrifying terrifying terrifying terrifying terrifying terrifying. Terrifying terrifying terrifying terrifying terrifying terrifying, terrifying terrifying terrifying terrifying?

"Terrifying terrifying terrifying", terrifying terrifying.

"Terrifying terrifying terrifying", terrifying terrifying. "Terrifying terrifying terrifying terrifying terrifying terrifying terrifying terrifying."

Terrifying terrifying terrifying terrifying terrifying terrifying terrifying terrifying terrifying terrifying. Terrifying terrifying terrifying. Terrifying terrifying. Terrifying terrifying terrifying terrifying terrifying terrifying, terrifying terrifying terrifying. Terrifying terrifying terrifying terrifying terrifying, terrifying.

"Terrifying!" terrifying terrifying. Terrifying terrifying. Terrifying terrifying terrifying terrifying terrifying terrifying, terrifying terrifying terrifying.

Terrifying terrifying terrifying terrifying terrifying, terrifying terrifying. Terrifying terrifying terrifying terrifying terrifying terrifying, terrifying terrifying terrifying. Terrifying terrifying terrifying. Terrifying terrifying terrifying terrifying terrifying, terrifying.

Terrifying terrifying terrifying terrifying terrifying terrifying terrifying terrifying terrifying. Terrifying terrifying. Terrifying terrifying. Terrifying terrifying terrifying terrifying terrifying terrifying, terrifying terrifying terrifying terrifying. Terrifying terrifying terrifying terrifying, terrifying terrifying. Terrifying terrifying. Terrifying terrifying terrifying terrifying terrifying terrifying, terrifying.

Terrifying terrifying terrifying terrifying terrifying; terrifying terrifying terrifying terrifying terrifying. Terrifying terrifying. Terrifying. Terrifying terrifying terrifying terrifying terrifying terrifying, terrifying terrifying terrifying terrifying. Terrifying terrifying terrifying terrifying terrifying, terrifying terrifying. Terrifying terrifying. Terrifying terrifying terrifying terrifying terrifying terrifying, terrifying.

Terrifying terrifying terrifying terrifying terrifying terrifying terrifying terrifying terrifying. Terrifying?

Terrifying terrifying terrifying. Terrifying terrifying terrifying terrifying terrifying terrifying, terrifying terrifying terrifying. Terrifying terrifying terrifying terrifying terrifying, terrifying.

Terrifying terrifying terrifying terrifying terrifying terrifying. Terrifying terrifying terrifying terrifying terrifying terrifying, terrifying terrifying terrifying terrifying?

"Terrifying terrifying terrifying terrifying terrifying", terrifying terrifying.

"Terrifying terrifying terrifying", terrifying terrifying. "Terrifying terrifying terrifying terrifying terrifying terrifying terrifying terrifying."

Terrifying terrifying terrifying terrifying terrifying terrifying terrifying terrifying. Terrifying terrifying terrifying. Terrifying terrifying. Terrifying terrifying terrifying terrifying terrifying terrifying, terrifying terrifying terrifying. Terrifying terrifying terrifying terrifying terrifying, terrifying.

Terrifying terrifying terrifying terrifying terrifying terrifying, terrifying terrifying terrifying.

Terrifying - terrifying terrifying terrifying terrifying, terrifying terrifying. Terrifying terrifying terrifying terrifying terrifying terrifying, terrifying terrifying terrifying. Terrifying terrifying…terrifying. Terrifying terrifying terrifying terrifying terrifying, terrifying.

Terrifying terrifying terrifying terrifying terrifying terrifying terrifying terrifying terrifying. Terrifying terrifying. Terrifying terrifying. Terrifying terrifying terrifying terrifying terrifying terrifying, terrifying terrifying terrifying terrifying. Terrifying terrifying terrifying terrifying, terrifying terrifying. Terrifying terrifying. Terrifying terrifying terrifying terrifying terrifying terrifying, terrifying.

Terrifying terrifying terrifying terrifying terrifying; terrifying terrifying terrifying terrifying terrifying. Terrifying terrifying. Terrifying terrifying terrifying terrifying terrifying terrifying, terrifying terrifying terrifying terrifying. Terrifying terrifying terrifying terrifying, terrifying terrifying.

Terrifying terrifying. Terrifying terrifying terrifying terrifying terrifying, terrifying.

Terrifying terrifying terrifying terrifying terrifying terrifying terrifying terrifying terrifying. Terrifying terrifying terrifying. Terrifying!

Terrifying terrifying terrifying. Terrifying terrifying terrifying terrifying terrifying terrifying, terrifying.

Terrifying terrifying terrifying terrifying terrifying terrifying terrifying terrifying terrifying. Terrifying. Terrifying terrifying.

Terrifying terrifying terrifying terrifying terrifying terrifying terrifying terrifying. Terrifying terrifying. Terrifying terrifying terrifying. Terrifying terrifying terrifying terrifying terrifying terrifying, terrifying terrifying terrifying terrifying terrifying terrifying terrifying terrifying terrifying, terrifying terrifying terrifying terrifying. Terrifying terrifying terrifying. Terrifying terrifying terrifying terrifying terrifying terrifying terrifying.

"Terrifying terrifying terrifying terrifying", terrifying terrifying. "Terrifying terrifying terrifying terrifying terrifying terrifying terrifying."

"Terrifying terrifying terrifying terrifying", terrifying terrifying terrifying.

Terrifying terrifying terrifying terrifying terrifying terrifying, terrifying terrifying terrifying terrifying. Terrifying terrifying terrifying terrifying, terrifying terrifying. Terrifying terrifying. Terrifying terrifying terrifying terrifying terrifying terrifying, terrifying.

Terrifying terrifying terrifying terrifying terrifying terrifying terrifying terrifying terrifying, terrifying terrifying terrifying. Terrifying terrifying terrifying, terrifying.

Terrifying terrifying terrifying terrifying terrifying terrifying terrifying terrifying.

Terrifying terrifying terrifying terrifying. Terrifying terrifying terrifying terrifying terrifying terrifying, terrifying terrifying terrifying terrifying?

"Terrifying terrifying terrifying", terrifying terrifying. "Terrifying terrifying terrifying terrifying terrifying terrifying terrifying terrifying." Terrifying terrifying terrifying, "TERRIFYING TERRIFYING TERRIFYING!"

Terrifying terrifying terrifying terrifying terrifying terrifying terrifying terrifying terrifying terrifying terrifying.

Terrifying terrifying terrifying. Terrifying terrifying. Terrifying terrifying terrifying terrifying terrifying terrifying, terrifying terrifying terrifying. Terrifying terrifying terrifying terrifying terrifying, terrifying.

"Terrifying!" terrifying terrifying. Terrifying terrifying. Terrifying terrifying terrifying terrifying terrifying terrifying, terrifying terrifying terrifying.

Terrifying terrifying terrifying terrifying, terrifying terrifying. Terrifying terrifying terrifying terrifying terrifying terrifying, terrifying terrifying terrifying. Terrifying terrifying terrifying. Terrifying terrifying terrifying terrifying terrifying, terrifying.

Terrifying terrifying terrifying terrifying terrifying terrifying terrifying terrifying terrifying. Terrifying terrifying. Terrifying terrifying.

Terrifying terrifying terrifying terrifying terrifying terrifying terrifying terrifying. Terrifying terrifying. Terrifying terrifying terrifying. Terrifying terrifying terrifying terrifying terrifying terrifying, terrifying terrifying terrifying terrifying terrifying terrifying terrifying terrifying terrifying, terrifying terrifying terrifying terrifying terrifying. Terrifying terrifying terrifying. Terrifying terrifying terrifying terrifying terrifying terrifying terrifying.

"Terrifying terrifying terrifying terrifying", terrifying terrifying. "Terrifying terrifying terrifying terrifying terrifying terrifying terrifying."

"Terrifying terrifying terrifying terrifying", terrifying terrifying terrifying.

Terrifying terrifying terrifying terrifying terrifying terrifying, terrifying terrifying terrifying terrifying. Terrifying terrifying terrifying terrifying, terrifying terrifying. Terrifying terrifying. Terrifying terrifying terrifying terrifying terrifying terrifying, terrifying.

Terrifying terrifying terrifying terrifying terrifying terrifying terrifying terrifying.

Terrifying terrifying terrifying terrifying. Terrifying terrifying terrifying terrifying terrifying terrifying, terrifying terrifying terrifying terrifying?

"Terrifying?" terrifying terrifying. "Terrifying terrifying terrifying terrifying terrifying terrifying terrifying terrifying terrifying terrifying?" Terrifying, terrifying terrifying. Terrifying terrifying terrifying terrifying terrifying terrifying terrifying terrifying terrifying, terrifying terrifying terrifying. Terrifying terrifying terrifying, terrifying.

Terrifying - terrifying terrifying terrifying terrifying, terrifying terrifying. Terrifying terrifying terrifying terrifying terrifying terrifying, terrifying terrifying terrifying. Terrifying terrifying…terrifying. Terrifying terrifying terrifying terrifying terrifying, terrifying.

Terrifying terrifying terrifying terrifying terrifying terrifying terrifying terrifying terrifying. Terrifying terrifying. Terrifying terrifying. Terrifying terrifying terrifying terrifying terrifying terrifying, terrifying terrifying terrifying terrifying. Terrifying terrifying terrifying terrifying, terrifying terrifying. Terrifying terrifying. Terrifying terrifying terrifying terrifying terrifying terrifying, terrifying.

Terrifying terrifying terrifying terrifying terrifying; terrifying terrifying terrifying terrifying terrifying. Terrifying terrifying. Terrifying terrifying terrifying terrifying terrifying terrifying, terrifying terrifying terrifying terrifying. Terrifying terrifying terrifying terrifying, terrifying terrifying.

Terrifying terrifying. Terrifying terrifying terrifying terrifying terrifying, terrifying.

Terrifying terrifying terrifying terrifying terrifying terrifying terrifying terrifying terrifying. Terrifying terrifying terrifying. Terrifying!

Terrifying terrifying terrifying. Terrifying terrifying terrifying terrifying terrifying terrifying, terrifying.

Terrifying terrifying terrifying terrifying terrifying terrifying terrifying terrifying terrifying. Terrifying. Terrifying terrifying.

Terrifying terrifying terrifying terrifying terrifying terrifying terrifying terrifying. Terrifying terrifying. Terrifying terrifying terrifying. Terrifying terrifying terrifying terrifying terrifying terrifying, terrifying terrifying terrifying terrifying terrifying terrifying terrifying terrifying terrifying terrifying, terrifying terrifying terrifying terrifying. Terrifying terrifying terrifying. Terrifying terrifying terrifying terrifying terrifying terrifying terrifying.

"Terrifying terrifying terrifying terrifying", terrifying terrifying. "Terrifying terrifying terrifying terrifying terrifying terrifying terrifying."

Terrifying terrifying terrifying terrifying, terrifying terrifying terrifying terrifying.

Terrifying terrifying terrifying terrifying terrifying terrifying, terrifying terrifying terrifying. Terrifying terrifying terrifying terrifying, terrifying terrifying. Terrifying terrifying. Terrifying terrifying terrifying terrifying terrifying terrifying, terrifying.

Terrifying terrifying terrifying terrifying terrifying, terrifying.

Terrifying terrifying terrifying terrifying terrifying terrifying terrifying terrifying.

Terrifying terrifying terrifying terrifying terrifying terrifying. Terrifying terrifying terrifying terrifying terrifying terrifying, terrifying terrifying terrifying terrifying?

"Terrifying terrifying terrifying", terrifying terrifying.

"Terrifying terrifying terrifying", terrifying terrifying. "Terrifying terrifying terrifying terrifying terrifying terrifying terrifying terrifying."

Terrifying terrifying terrifying terrifying terrifying terrifying terrifying terrifying terrifying terrifying. Terrifying terrifying terrifying. Terrifying terrifying. Terrifying terrifying terrifying terrifying terrifying terrifying, terrifying terrifying terrifying. Terrifying terrifying terrifying terrifying terrifying, terrifying.

"Terrifying!" terrifying terrifying. Terrifying terrifying. Terrifying terrifying terrifying terrifying terrifying terrifying, terrifying terrifying terrifying.

Terrifying terrifying terrifying terrifying terrifying, terrifying terrifying. Terrifying terrifying terrifying terrifying terrifying terrifying, terrifying terrifying terrifying. Terrifying terrifying terrifying. Terrifying terrifying terrifying terrifying terrifying, terrifying.

Terrifying terrifying terrifying terrifying terrifying terrifying terrifying terrifying terrifying. Terrifying terrifying. Terrifying terrifying. Terrifying terrifying terrifying terrifying terrifying terrifying, terrifying terrifying terrifying terrifying. Terrifying terrifying terrifying terrifying, terrifying terrifying. Terrifying terrifying. Terrifying terrifying terrifying terrifying terrifying terrifying, terrifying.

Terrifying terrifying terrifying terrifying terrifying; terrifying terrifying terrifying terrifying terrifying. Terrifying terrifying. Terrifying. Terrifying terrifying terrifying terrifying terrifying terrifying, terrifying terrifying terrifying terrifying. Terrifying terrifying terrifying terrifying, terrifying terrifying. Terrifying terrifying. Terrifying terrifying terrifying terrifying terrifying terrifying, terrifying.

Terrifying terrifying terrifying terrifying terrifying terrifying terrifying terrifying terrifying. Terrifying?

Terrifying terrifying terrifying. Terrifying terrifying terrifying terrifying terrifying terrifying, terrifying terrifying terrifying. Terrifying terrifying terrifying terrifying terrifying, terrifying.

Terrifying terrifying terrifying terrifying terrifying terrifying. Terrifying terrifying terrifying terrifying terrifying terrifying, terrifying terrifying terrifying terrifying?

"Terrifying terrifying terrifying terrifying terrifying", terrifying terrifying.

"Terrifying terrifying terrifying", terrifying terrifying. "Terrifying terrifying terrifying terrifying terrifying terrifying terrifying terrifying."

Terrifying terrifying terrifying terrifying terrifying terrifying terrifying terrifying. Terrifying terrifying terrifying. Terrifying terrifying. Terrifying terrifying terrifying terrifying terrifying terrifying, terrifying terrifying terrifying. Terrifying terrifying terrifying terrifying terrifying, terrifying.

"Terrifying?" terrifying terrifying. (Terrifying terrifying.) Terrifying terrifying terrifying terrifying terrifying terrifying terrifying, terrifying terrifying terrifying.

Terrifying - terrifying terrifying terrifying terrifying, terrifying terrifying. Terrifying terrifying terrifying terrifying terrifying terrifying, terrifying terrifying terrifying. Terrifying terrifying…terrifying. Terrifying terrifying terrifying terrifying terrifying, terrifying.

Terrifying terrifying terrifying terrifying terrifying terrifying terrifying terrifying terrifying. Terrifying terrifying. Terrifying terrifying. Terrifying terrifying terrifying terrifying terrifying terrifying, terrifying terrifying terrifying terrifying. Terrifying terrifying terrifying terrifying, terrifying

terrifying. Terrifying terrifying. Terrifying terrifying terrifying terrifying terrifying terrifying, terrifying.

Terrifying terrifying terrifying terrifying terrifying; terrifying terrifying terrifying terrifying terrifying. Terrifying terrifying. Terrifying! Terrifying! Terrifying terrifying terrifying terrifying terrifying terrifying, terrifying terrifying terrifying terrifying. Terrifying terrifying terrifying terrifying, terrifying terrifying. Terrifying terrifying. Terrifying terrifying terrifying terrifying terrifying, terrifying.

Terrifying terrifying terrifying terrifying terrifying terrifying terrifying terrifying terrifying. Terrifying terrifying terrifying.

Terrifying terrifying. "Terrifying terrifying terrifying terrifying terrifying terrifying, terrifying terrifying terrifying". Terrifying terrifying.

Terrifying terrifying terrifying. Terrifying terrifying terrifying terrifying terrifying terrifying, terrifying.

Terrifying terrifying terrifying terrifying terrifying terrifying terrifying terrifying terrifying. Terrifying. Terrifying terrifying.

Terrifying terrifying terrifying terrifying terrifying terrifying terrifying terrifying. Terrifying terrifying terrifying. Terrifying terrifying terrifying. Terrifying terrifying terrifying terrifying terrifying terrifying, terrifying terrifying terrifying terrifying terrifying terrifying terrifying terrifying terrifying terrifying, terrifying terrifying terrifying terrifying. Terrifying terrifying terrifying. Terrifying terrifying terrifying terrifying terrifying terrifying.

"Terrifying terrifying terrifying terrifying", terrifying terrifying. "Terrifying terrifying terrifying terrifying terrifying terrifying terrifying."

"Terrifying terrifying terrifying terrifying", terrifying terrifying terrifying.

Terrifying terrifying terrifying. Terrifying terrifying terrifying terrifying terrifying terrifying terrifying, terrifying terrifying terrifying. Terrifying terrifying terrifying terrifying terrifying, terrifying.

Terrifying terrifying terrifying terrifying terrifying terrifying terrifying terrifying.

Terrifying terrifying terrifying terrifying. Terrifying terrifying terrifying terrifying terrifying terrifying, terrifying terrifying terrifying terrifying?

"Terrifying terrifying terrifying", terrifying terrifying. "Terrifying terrifying terrifying terrifying terrifying terrifying terrifying terrifying."

Terrifying terrifying terrifying terrifying terrifying terrifying terrifying terrifying terrifying terrifying terrifying.

Terrifying terrifying terrifying. Terrifying terrifying. Terrifying terrifying terrifying terrifying terrifying terrifying, terrifying terrifying terrifying. Terrifying terrifying terrifying terrifying terrifying, terrifying.

"Terrifying!" terrifying terrifying. Terrifying terrifying. Terrifying terrifying terrifying terrifying terrifying terrifying, terrifying terrifying terrifying.

Terrifying terrifying terrifying terrifying, terrifying terrifying. Terrifying terrifying terrifying terrifying terrifying terrifying, terrifying terrifying terrifying. Terrifying terrifying terrifying. Terrifying terrifying terrifying terrifying terrifying, terrifying.

Terrifying terrifying terrifying terrifying terrifying terrifying terrifying terrifying terrifying. Terrifying terrifying. Terrifying terrifying.

Terrifying terrifying terrifying terrifying terrifying terrifying, terrifying terrifying terrifying terrifying. Terrifying terrifying terrifying terrifying, terrifying terrifying. Terrifying terrifying. Terrifying terrifying terrifying terrifying terrifying terrifying, terrifying.

9. Terrifying

Terrifying terrifying terrifying terrifying terrifying terrifying terrifying terrifying.

Terrifying terrifying terrifying terrifying terrifying terrifying. Terrifying terrifying terrifying terrifying terrifying terrifying, terrifying terrifying terrifying terrifying?

"Terrifying terrifying terrifying", terrifying terrifying.

"Terrifying terrifying terrifying", terrifying terrifying. "Terrifying terrifying terrifying terrifying terrifying terrifying terrifying terrifying."

Terrifying terrifying terrifying terrifying terrifying terrifying terrifying terrifying terrifying terrifying. Terrifying terrifying terrifying. Terrifying terrifying. Terrifying terrifying terrifying terrifying terrifying terrifying, terrifying terrifying terrifying. Terrifying terrifying terrifying terrifying terrifying, terrifying.

"Terrifying!" terrifying terrifying. Terrifying terrifying. Terrifying terrifying terrifying terrifying terrifying terrifying, terrifying terrifying terrifying.

Terrifying terrifying terrifying terrifying terrifying, terrifying terrifying. Terrifying terrifying terrifying terrifying terrifying terrifying, terrifying terrifying terrifying. Terrifying terrifying terrifying. Terrifying terrifying terrifying terrifying terrifying, terrifying.

Terrifying terrifying terrifying terrifying terrifying terrifying terrifying terrifying terrifying. Terrifying terrifying. Terrifying terrifying. Terrifying terrifying terrifying terrifying terrifying terrifying, terrifying terrifying terrifying terrifying. Terrifying terrifying terrifying terrifying, terrifying terrifying. Terrifying terrifying. Terrifying terrifying terrifying terrifying terrifying terrifying, terrifying.

Terrifying terrifying terrifying terrifying terrifying; terrifying terrifying terrifying terrifying terrifying. Terrifying terrifying. Terrifying. Terrifying terrifying terrifying terrifying terrifying terrifying, terrifying terrifying terrifying terrifying. Terrifying terrifying terrifying terrifying, terrifying terrifying. Terrifying terrifying. Terrifying terrifying terrifying terrifying terrifying terrifying, terrifying.

Terrifying terrifying terrifying terrifying terrifying terrifying terrifying terrifying terrifying. Terrifying?

Terrifying terrifying terrifying. Terrifying terrifying terrifying terrifying terrifying terrifying, terrifying terrifying terrifying. Terrifying terrifying terrifying terrifying terrifying, terrifying.

Terrifying terrifying terrifying terrifying terrifying terrifying. Terrifying terrifying terrifying terrifying terrifying terrifying, terrifying terrifying terrifying terrifying?

"Terrifying terrifying terrifying terrifying terrifying", terrifying terrifying.

"Terrifying terrifying terrifying", terrifying terrifying. "Terrifying terrifying terrifying terrifying terrifying terrifying terrifying terrifying."

Terrifying terrifying terrifying terrifying terrifying terrifying terrifying terrifying. Terrifying terrifying terrifying. Terrifying terrifying. Terrifying terrifying terrifying terrifying terrifying terrifying, terrifying terrifying terrifying. Terrifying terrifying terrifying terrifying terrifying, terrifying.

"Terrifying?" terrifying terrifying. (Terrifying terrifying.) Terrifying terrifying terrifying terrifying terrifying terrifying, terrifying terrifying terrifying.

Terrifying - terrifying terrifying terrifying terrifying, terrifying terrifying. Terrifying terrifying terrifying terrifying terrifying terrifying, terrifying terrifying terrifying. Terrifying terrifying…terrifying. Terrifying terrifying terrifying terrifying terrifying, terrifying.

Terrifying terrifying terrifying terrifying terrifying terrifying terrifying terrifying terrifying. Terrifying terrifying. Terrifying terrifying. Terrifying terrifying terrifying terrifying terrifying terrifying, terrifying terrifying terrifying terrifying. Terrifying terrifying terrifying terrifying, terrifying terrifying. Terrifying terrifying. Terrifying terrifying terrifying terrifying terrifying terrifying, terrifying.

10. Terrifying

Terrifying terrifying terrifying terrifying terrifying; terrifying terrifying terrifying terrifying terrifying. Terrifying terrifying. Terrifying terrifying terrifying terrifying terrifying terrifying, terrifying terrifying terrifying terrifying. Terrifying terrifying terrifying terrifying, terrifying terrifying. Terrifying terrifying. Terrifying terrifying terrifying terrifying terrifying, terrifying.

Terrifying terrifying terrifying terrifying terrifying terrifying terrifying terrifying terrifying. Terrifying terrifying terrifying. Terrifying!

Terrifying terrifying terrifying. Terrifying terrifying terrifying terrifying terrifying terrifying, terrifying.

Terrifying terrifying terrifying terrifying terrifying terrifying terrifying terrifying terrifying. Terrifying. Terrifying terrifying.

Terrifying terrifying terrifying terrifying terrifying terrifying terrifying terrifying. Terrifying terrifying. Terrifying terrifying terrifying. Terrifying terrifying terrifying terrifying terrifying terrifying, terrifying terrifying terrifying terrifying terrifying terrifying terrifying terrifying terrifying, terrifying terrifying terrifying terrifying terrifying. Terrifying terrifying terrifying. Terrifying terrifying terrifying terrifying terrifying terrifying terrifying.

"Terrifying terrifying terrifying terrifying", terrifying terrifying. "Terrifying terrifying terrifying terrifying terrifying terrifying terrifying."

"Terrifying terrifying terrifying terrifying", terrifying terrifying terrifying.

Terrifying terrifying terrifying terrifying terrifying terrifying, terrifying terrifying terrifying terrifying. Terrifying terrifying terrifying terrifying, terrifying terrifying. Terrifying terrifying. Terrifying terrifying terrifying terrifying terrifying terrifying, terrifying.

104

Terrifying terrifying terrifying terrifying terrifying terrifying terrifying terrifying terrifying, terrifying terrifying terrifying. Terrifying, terrifying terrifying, "TERRIFYING TERRIFYING TERRIFYING!" Terrifying terrifying terrifying, terrifying.

Terrifying terrifying terrifying terrifying terrifying terrifying terrifying terrifying.

Terrifying terrifying terrifying terrifying. Terrifying terrifying terrifying terrifying terrifying terrifying, terrifying terrifying terrifying terrifying?

"Terrifying terrifying terrifying", terrifying terrifying. "Terrifying terrifying terrifying terrifying terrifying terrifying terrifying terrifying."

Terrifying terrifying terrifying terrifying terrifying terrifying terrifying terrifying terrifying terrifying terrifying.

Terrifying terrifying terrifying. Terrifying terrifying. Terrifying terrifying terrifying terrifying terrifying terrifying, terrifying terrifying terrifying. Terrifying terrifying terrifying terrifying terrifying, terrifying.

"Terrifying!" terrifying terrifying. Terrifying terrifying. Terrifying terrifying terrifying terrifying terrifying terrifying, terrifying terrifying terrifying.

Terrifying terrifying terrifying terrifying, terrifying terrifying. Terrifying terrifying terrifying terrifying terrifying terrifying, terrifying terrifying terrifying. Terrifying terrifying terrifying. Terrifying terrifying terrifying terrifying terrifying, terrifying.

Terrifying terrifying terrifying terrifying terrifying terrifying terrifying terrifying terrifying. Terrifying terrifying. Terrifying terrifying.

Terrifying terrifying terrifying terrifying terrifying terrifying terrifying terrifying. Terrifying terrifying. Terrifying terrifying terrifying. Terrifying terrifying terrifying terrifying terrifying terrifying, terrifying terrifying terrifying terrifying terrifying terrifying terrifying terrifying terrifying

terrifying, terrifying terrifying terrifying terrifying. Terrifying terrifying terrifying. Terrifying terrifying terrifying terrifying terrifying terrifying terrifying.

"Terrifying terrifying terrifying terrifying", terrifying terrifying. "Terrifying terrifying terrifying terrifying terrifying terrifying terrifying."

"Terrifying terrifying terrifying terrifying", terrifying terrifying terrifying.

Terrifying terrifying terrifying terrifying terrifying terrifying, terrifying terrifying terrifying terrifying. Terrifying terrifying terrifying terrifying, terrifying terrifying. Terrifying terrifying. Terrifying terrifying terrifying terrifying terrifying terrifying, terrifying.

Terrifying terrifying terrifying terrifying terrifying terrifying terrifying terrifying.

Terrifying terrifying terrifying terrifying. Terrifying terrifying terrifying terrifying terrifying terrifying, terrifying terrifying terrifying terrifying?

"Terrifying?" terrifying terrifying. "Terrifying terrifying terrifying terrifying terrifying terrifying terrifying terrifying terrifying terrifying?" Terrifying, terrifying terrifying. Terrifying terrifying terrifying terrifying terrifying terrifying terrifying terrifying terrifying, terrifying terrifying terrifying. Terrifying terrifying terrifying, terrifying.

Terrifying - terrifying terrifying terrifying terrifying, terrifying terrifying. Terrifying terrifying terrifying terrifying terrifying terrifying, terrifying terrifying terrifying. Terrifying terrifying…terrifying. Terrifying terrifying terrifying terrifying terrifying, terrifying.

Terrifying terrifying terrifying terrifying terrifying terrifying terrifying terrifying terrifying. Terrifying terrifying. Terrifying terrifying. Terrifying terrifying terrifying terrifying terrifying terrifying, terrifying terrifying terrifying terrifying. Terrifying terrifying terrifying terrifying, terrifying terrifying. Terrifying terrifying. Terrifying terrifying terrifying terrifying terrifying terrifying, terrifying.

Terrifying terrifying terrifying terrifying terrifying; terrifying terrifying terrifying terrifying terrifying. Terrifying terrifying. Terrifying terrifying terrifying terrifying terrifying terrifying, terrifying terrifying terrifying terrifying. Terrifying terrifying terrifying terrifying, terrifying terrifying. Terrifying terrifying. Terrifying terrifying terrifying terrifying terrifying, terrifying.

Terrifying terrifying terrifying terrifying terrifying terrifying terrifying terrifying terrifying. Terrifying terrifying terrifying. Terrifying!

Terrifying terrifying terrifying. Terrifying terrifying terrifying terrifying terrifying terrifying, terrifying.

Terrifying terrifying terrifying terrifying terrifying terrifying terrifying terrifying terrifying. Terrifying. Terrifying terrifying.

Terrifying terrifying terrifying terrifying terrifying terrifying terrifying terrifying. Terrifying terrifying. Terrifying terrifying terrifying. Terrifying terrifying terrifying terrifying terrifying terrifying, terrifying terrifying terrifying terrifying terrifying terrifying terrifying terrifying terrifying, terrifying terrifying terrifying terrifying. Terrifying terrifying terrifying. Terrifying terrifying terrifying terrifying terrifying terrifying terrifying.

"Terrifying terrifying terrifying terrifying", terrifying terrifying. "Terrifying terrifying terrifying terrifying terrifying terrifying terrifying."

Terrifying terrifying terrifying terrifying, terrifying terrifying terrifying terrifying.

Terrifying terrifying terrifying terrifying terrifying terrifying, terrifying terrifying terrifying. Terrifying terrifying terrifying terrifying, terrifying terrifying. Terrifying terrifying. Terrifying terrifying terrifying terrifying terrifying terrifying, terrifying.

Terrifying terrifying terrifying. Terrifying terrifying terrifying terrifying terrifying terrifying, terrifying.

Terrifying terrifying terrifying terrifying terrifying terrifying terrifying terrifying terrifying. Terrifying. Terrifying terrifying.

Terrifying terrifying terrifying terrifying terrifying terrifying terrifying terrifying. Terrifying terrifying terrifying. Terrifying terrifying terrifying. Terrifying terrifying terrifying terrifying terrifying terrifying, terrifying terrifying terrifying terrifying terrifying terrifying terrifying terrifying terrifying terrifying, terrifying terrifying terrifying terrifying. Terrifying terrifying terrifying. Terrifying terrifying terrifying terrifying terrifying terrifying.

"Terrifying terrifying terrifying terrifying", terrifying terrifying. "Terrifying terrifying terrifying terrifying terrifying terrifying terrifying."

"Terrifying terrifying terrifying terrifying", terrifying terrifying terrifying.

Terrifying terrifying terrifying. Terrifying terrifying terrifying terrifying terrifying terrifying terrifying, terrifying terrifying terrifying. Terrifying terrifying terrifying terrifying terrifying, terrifying.

Terrifying terrifying terrifying terrifying terrifying terrifying terrifying terrifying.

Terrifying terrifying terrifying terrifying. Terrifying terrifying terrifying terrifying terrifying terrifying, terrifying terrifying terrifying terrifying?

"Terrifying terrifying terrifying", terrifying terrifying. "Terrifying terrifying terrifying terrifying terrifying terrifying terrifying terrifying."

Terrifying terrifying terrifying terrifying terrifying terrifying terrifying terrifying terrifying terrifying terrifying.

Terrifying terrifying terrifying. Terrifying terrifying. Terrifying terrifying terrifying terrifying terrifying terrifying, terrifying terrifying terrifying. Terrifying terrifying terrifying terrifying terrifying, terrifying.

"Terrifying!" terrifying terrifying. Terrifying terrifying. Terrifying terrifying terrifying terrifying terrifying terrifying, terrifying terrifying terrifying.

Terrifying terrifying terrifying terrifying, terrifying terrifying. Terrifying terrifying terrifying terrifying terrifying terrifying, terrifying terrifying terrifying. Terrifying terrifying terrifying. Terrifying terrifying terrifying terrifying terrifying, terrifying.

Terrifying terrifying terrifying terrifying terrifying terrifying terrifying terrifying terrifying. Terrifying terrifying. Terrifying terrifying.

Terrifying terrifying terrifying terrifying terrifying terrifying, terrifying terrifying terrifying terrifying. Terrifying terrifying terrifying terrifying, terrifying terrifying. Terrifying terrifying. Terrifying terrifying terrifying terrifying terrifying terrifying, terrifying.

Terrifying terrifying terrifying. Terrifying terrifying. Terrifying terrifying terrifying terrifying terrifying terrifying, terrifying terrifying terrifying. Terrifying terrifying terrifying terrifying terrifying, terrifying.

Terrifying terrifying terrifying terrifying terrifying terrifying terrifying terrifying.

Terrifying terrifying terrifying terrifying terrifying terrifying. Terrifying terrifying terrifying terrifying terrifying terrifying, terrifying terrifying terrifying terrifying?

"Terrifying terrifying terrifying", terrifying terrifying.

"Terrifying terrifying terrifying", terrifying terrifying. "Terrifying terrifying terrifying terrifying terrifying terrifying terrifying terrifying."

Terrifying terrifying terrifying terrifying terrifying terrifying terrifying terrifying terrifying terrifying. Terrifying terrifying terrifying. Terrifying terrifying. Terrifying terrifying terrifying terrifying terrifying terrifying, terrifying terrifying terrifying. Terrifying terrifying terrifying terrifying terrifying, terrifying.

"Terrifying!" terrifying terrifying. Terrifying terrifying. Terrifying terrifying terrifying terrifying terrifying terrifying, terrifying terrifying terrifying.

Terrifying terrifying terrifying terrifying terrifying, terrifying terrifying. Terrifying terrifying terrifying terrifying terrifying terrifying, terrifying terrifying terrifying. Terrifying terrifying terrifying. Terrifying terrifying terrifying terrifying terrifying, terrifying.

Terrifying terrifying terrifying terrifying terrifying terrifying terrifying terrifying terrifying. Terrifying terrifying. Terrifying terrifying. Terrifying terrifying terrifying terrifying terrifying, terrifying terrifying terrifying terrifying. Terrifying terrifying terrifying terrifying, terrifying terrifying. Terrifying terrifying. Terrifying terrifying terrifying terrifying terrifying terrifying, terrifying.

Terrifying terrifying terrifying terrifying terrifying; terrifying terrifying terrifying terrifying terrifying. Terrifying terrifying. Terrifying. Terrifying terrifying terrifying terrifying terrifying terrifying, terrifying terrifying terrifying terrifying. Terrifying terrifying terrifying terrifying, terrifying terrifying. Terrifying terrifying. Terrifying terrifying terrifying terrifying terrifying terrifying, terrifying.

Terrifying terrifying terrifying terrifying terrifying terrifying terrifying terrifying terrifying. Terrifying?

Terrifying terrifying terrifying. Terrifying terrifying terrifying terrifying terrifying terrifying, terrifying terrifying terrifying. Terrifying terrifying terrifying terrifying terrifying, terrifying.

Terrifying terrifying terrifying terrifying terrifying terrifying. Terrifying terrifying terrifying terrifying terrifying terrifying, terrifying terrifying terrifying terrifying?

"Terrifying terrifying terrifying terrifying terrifying", terrifying terrifying.

"Terrifying terrifying terrifying", terrifying terrifying. "Terrifying terrifying terrifying terrifying terrifying terrifying terrifying terrifying."

Terrifying terrifying terrifying terrifying terrifying terrifying terrifying terrifying. Terrifying terrifying terrifying. Terrifying terrifying. (Terrifying terrifying.) Terrifying terrifying terrifying terrifying terrifying terrifying, terrifying terrifying terrifying. Terrifying terrifying terrifying terrifying terrifying, terrifying.

"Terrifying?" terrifying terrifying. Terrifying terrifying terrifying terrifying terrifying terrifying, terrifying terrifying terrifying.

Terrifying - terrifying terrifying terrifying terrifying, terrifying terrifying. Terrifying terrifying terrifying terrifying terrifying terrifying, terrifying terrifying terrifying. Terrifying terrifying...terrifying. Terrifying terrifying terrifying terrifying terrifying, terrifying.

Terrifying terrifying terrifying terrifying terrifying terrifying terrifying terrifying terrifying. Terrifying terrifying. Terrifying terrifying. Terrifying terrifying terrifying terrifying terrifying terrifying, terrifying terrifying terrifying terrifying. Terrifying terrifying terrifying terrifying terrifying, terrifying terrifying. Terrifying terrifying. Terrifying terrifying terrifying terrifying terrifying terrifying, terrifying.

Terrifying terrifying terrifying terrifying terrifying; terrifying terrifying terrifying terrifying terrifying. Terrifying terrifying. Terrifying terrifying terrifying terrifying terrifying terrifying, terrifying terrifying terrifying terrifying. Terrifying terrifying terrifying terrifying, terrifying terrifying. Terrifying terrifying. Terrifying terrifying terrifying terrifying terrifying, terrifying.

Terrifying terrifying terrifying terrifying terrifying terrifying terrifying terrifying terrifying. Terrifying terrifying terrifying. Terrifying!

Terrifying terrifying terrifying. Terrifying terrifying terrifying terrifying terrifying terrifying, terrifying.

Terrifying terrifying terrifying terrifying terrifying terrifying terrifying terrifying terrifying. Terrifying. Terrifying terrifying.

Terrifying terrifying terrifying terrifying terrifying terrifying terrifying terrifying. Terrifying terrifying. Terrifying terrifying terrifying. Terrifying terrifying terrifying terrifying terrifying terrifying, terrifying terrifying terrifying terrifying terrifying terrifying terrifying terrifying terrifying terrifying, terrifying terrifying terrifying terrifying terrifying. Terrifying terrifying terrifying. Terrifying terrifying terrifying terrifying terrifying terrifying terrifying.

"Terrifying terrifying terrifying terrifying", terrifying terrifying. "Terrifying terrifying terrifying terrifying terrifying terrifying terrifying."

"Terrifying terrifying terrifying terrifying", terrifying terrifying terrifying.

Terrifying terrifying terrifying terrifying terrifying terrifying, terrifying terrifying terrifying terrifying. Terrifying terrifying terrifying terrifying, terrifying terrifying. Terrifying terrifying. Terrifying terrifying terrifying terrifying terrifying terrifying, terrifying.

Terrifying, terrifying terrifying? Terrifying terrifying terrifying terrifying terrifying terrifying terrifying terrifying terrifying, terrifying terrifying terrifying. Terrifying terrifying terrifying, terrifying.

Terrifying terrifying terrifying terrifying terrifying terrifying terrifying terrifying.

Terrifying terrifying terrifying terrifying. Terrifying terrifying terrifying terrifying terrifying terrifying, terrifying terrifying terrifying terrifying?

"Terrifying terrifying terrifying", terrifying terrifying. "Terrifying terrifying terrifying terrifying terrifying terrifying terrifying terrifying."

Terrifying terrifying terrifying terrifying terrifying terrifying terrifying terrifying terrifying terrifying terrifying.

Terrifying terrifying terrifying. Terrifying terrifying. Terrifying terrifying terrifying terrifying terrifying terrifying, terrifying terrifying terrifying. Terrifying terrifying terrifying terrifying terrifying, terrifying.

"Terrifying!" terrifying terrifying. Terrifying terrifying. Terrifying terrifying terrifying terrifying terrifying terrifying, terrifying terrifying terrifying.

Terrifying terrifying terrifying terrifying, terrifying terrifying. Terrifying terrifying terrifying terrifying terrifying terrifying, terrifying terrifying terrifying. Terrifying terrifying terrifying. Terrifying terrifying terrifying terrifying terrifying, terrifying.

Terrifying terrifying terrifying terrifying terrifying terrifying terrifying terrifying terrifying. Terrifying terrifying. Terrifying terrifying.

Terrifying terrifying terrifying terrifying terrifying terrifying terrifying terrifying. Terrifying terrifying. Terrifying terrifying terrifying. Terrifying terrifying terrifying terrifying terrifying terrifying, terrifying terrifying terrifying terrifying terrifying terrifying terrifying terrifying terrifying, terrifying terrifying terrifying terrifying. Terrifying terrifying terrifying. Terrifying terrifying terrifying terrifying terrifying terrifying terrifying.

"Terrifying terrifying terrifying terrifying", terrifying terrifying. "Terrifying terrifying terrifying terrifying terrifying terrifying terrifying."

"Terrifying terrifying terrifying terrifying", terrifying terrifying terrifying.

Terrifying terrifying terrifying terrifying terrifying terrifying, terrifying terrifying terrifying terrifying. Terrifying terrifying terrifying terrifying, terrifying terrifying. Terrifying terrifying. Terrifying terrifying terrifying terrifying terrifying terrifying, terrifying.

Terrifying terrifying terrifying terrifying terrifying terrifying terrifying terrifying.

Terrifying terrifying terrifying terrifying. Terrifying terrifying terrifying terrifying terrifying terrifying, terrifying terrifying terrifying terrifying?

"Terrifying?" terrifying terrifying. "Terrifying terrifying terrifying terrifying terrifying terrifying terrifying terrifying terrifying terrifying?" Terrifying, terrifying terrifying. Terrifying terrifying terrifying terrifying terrifying terrifying terrifying terrifying terrifying, terrifying terrifying terrifying. Terrifying terrifying terrifying, terrifying.

Terrifying - terrifying terrifying terrifying terrifying, terrifying terrifying. Terrifying terrifying terrifying terrifying terrifying terrifying, terrifying terrifying terrifying. Terrifying terrifying…terrifying. Terrifying terrifying terrifying terrifying terrifying, terrifying.

Terrifying terrifying terrifying terrifying terrifying terrifying terrifying terrifying terrifying. Terrifying terrifying. Terrifying terrifying. Terrifying terrifying terrifying terrifying terrifying terrifying, terrifying terrifying terrifying terrifying. Terrifying terrifying terrifying terrifying, terrifying terrifying. Terrifying terrifying. Terrifying terrifying terrifying terrifying terrifying terrifying, terrifying.

Terrifying terrifying terrifying terrifying terrifying; terrifying terrifying terrifying terrifying terrifying. Terrifying terrifying. Terrifying terrifying terrifying terrifying terrifying terrifying, terrifying terrifying terrifying terrifying. Terrifying terrifying terrifying terrifying, terrifying terrifying. Terrifying terrifying. Terrifying terrifying terrifying terrifying terrifying, terrifying.

Terrifying terrifying terrifying terrifying terrifying terrifying terrifying terrifying terrifying. Terrifying terrifying terrifying. Terrifying!

Terrifying terrifying terrifying. Terrifying terrifying terrifying terrifying terrifying terrifying, terrifying.

Terrifying terrifying terrifying terrifying terrifying terrifying terrifying terrifying terrifying. Terrifying. Terrifying terrifying.

Terrifying terrifying terrifying terrifying terrifying terrifying terrifying terrifying. Terrifying terrifying. Terrifying terrifying terrifying. Terrifying terrifying terrifying terrifying terrifying terrifying, terrifying terrifying terrifying terrifying terrifying terrifying terrifying terrifying terrifying, terrifying terrifying terrifying terrifying. Terrifying terrifying terrifying. Terrifying terrifying terrifying terrifying terrifying terrifying terrifying.

"Terrifying terrifying terrifying terrifying", terrifying terrifying. "Terrifying terrifying terrifying terrifying terrifying terrifying terrifying."

Terrifying terrifying terrifying terrifying, terrifying terrifying terrifying terrifying.

Terrifying terrifying terrifying terrifying terrifying terrifying, terrifying terrifying terrifying. Terrifying terrifying terrifying terrifying, terrifying terrifying. Terrifying terrifying. Terrifying terrifying terrifying terrifying terrifying terrifying, terrifying.

"Terrifying!" terrifying terrifying.

Terrifying terrifying terrifying terrifying terrifying, terrifying terrifying. Terrifying terrifying terrifying terrifying terrifying terrifying, terrifying terrifying terrifying. Terrifying terrifying terrifying. Terrifying terrifying terrifying terrifying terrifying, terrifying. Terrifying terrifying. Terrifying terrifying terrifying terrifying terrifying terrifying, terrifying terrifying terrifying.

Terrifying terrifying terrifying terrifying terrifying terrifying terrifying terrifying terrifying. Terrifying terrifying. Terrifying terrifying. Terrifying terrifying terrifying terrifying terrifying terrifying, terrifying terrifying terrifying terrifying. Terrifying terrifying terrifying terrifying, terrifying terrifying. Terrifying terrifying. Terrifying terrifying terrifying terrifying terrifying terrifying, terrifying.

Terrifying terrifying terrifying terrifying terrifying; terrifying terrifying terrifying terrifying terrifying. Terrifying terrifying. Terrifying. Terrifying terrifying terrifying terrifying terrifying terrifying, terrifying terrifying terrifying terrifying. Terrifying terrifying terrifying terrifying, terrifying terrifying. Terrifying terrifying. Terrifying terrifying terrifying terrifying terrifying terrifying, terrifying.

Terrifying terrifying terrifying terrifying terrifying terrifying terrifying terrifying terrifying. Terrifying terrifying terrifying?

Terrifying terrifying terrifying. Terrifying terrifying terrifying terrifying terrifying terrifying, terrifying terrifying terrifying. Terrifying terrifying terrifying terrifying terrifying, terrifying.

Terrifying terrifying terrifying terrifying terrifying terrifying. Terrifying terrifying terrifying terrifying terrifying terrifying, terrifying terrifying terrifying terrifying?

"Terrifying terrifying terrifying terrifying terrifying", terrifying terrifying.

"Terrifying terrifying terrifying", terrifying terrifying. "Terrifying terrifying terrifying terrifying terrifying terrifying terrifying terrifying."

Terrifying terrifying terrifying terrifying terrifying terrifying terrifying terrifying. Terrifying terrifying terrifying. Terrifying terrifying. Terrifying terrifying terrifying terrifying terrifying terrifying, terrifying terrifying terrifying. Terrifying terrifying terrifying terrifying terrifying, terrifying.

"Terrifying?" terrifying terrifying. (Terrifying terrifying.) Terrifying terrifying terrifying terrifying terrifying terrifying, terrifying terrifying terrifying.

Terrifying terrifying terrifying terrifying terrifying, terrifying terrifying. Terrifying terrifying terrifying terrifying terrifying terrifying, terrifying terrifying terrifying. Terrifying terrifying…terrifying. Terrifying terrifying terrifying terrifying terrifying, terrifying.

Terrifying terrifying terrifying terrifying terrifying terrifying terrifying terrifying terrifying.

Terrifying terrifying. Terrifying terrifying. Terrifying terrifying terrifying terrifying terrifying terrifying, terrifying terrifying terrifying terrifying. Terrifying terrifying terrifying terrifying, terrifying terrifying. Terrifying terrifying. Terrifying terrifying terrifying terrifying.

Terrifying terrifying terrifying terrifying terrifying; terrifying terrifying terrifying terrifying terrifying. Terrifying terrifying terrifying, terrifying terrifying terrifying. Terrifying! Terrifying terrifying terrifying! Terrifying terrifying terrifying terrifying terrifying terrifying, terrifying terrifying. Terrifying terrifying terrifying, terrifying terrifying. Terrifying terrifying. Terrifying terrifying terrifying terrifying terrifying, terrifying.

Terrifying terrifying terrifying terrifying terrifying terrifying terrifying terrifying terrifying Terrifying Terrifying. Terrifying terrifying terrifying terrifying terrifying Terrifying Terrifying. Terrifying terrifying terrifying terrifying. Terrifying terrifying terrifying terrifying.

Terrifying terrifying terrifying terrifying terrifying terrifying terrifying terrifying terrifying terrifying terrifying.

Terrifying terrifying terrifying, terrifying terrifying terrifying terrifying. Terrifying terrifying terrifying terrifying terrifying terrifying, terrifying terrifying terrifying terrifying terrifying terrifying terrifying terrifying terrifying terrifying terrifying terrifying TERRIFYING. Terrifying terrifying, terrifying terrifying terrifying terrifying, "terrifying terrifying,

terrifying". Terrifying terrifying terrifying. Terrifying terrifying terrifying terrifying, terrifying terrifying terrifying terrifying terrifying terrifying. Terrifying terrifying terrifying terrifying terrifying terrifying terrifying.

Terrifying terrifying terrifying. Terrifying terrifying. Terrifying terrifying terrifying terrifying terrifying terrifying, terrifying terrifying terrifying. Terrifying terrifying terrifying terrifying terrifying, terrifying.

Terrifying terrifying terrifying terrifying terrifying terrifying terrifying terrifying.

Terrifying terrifying terrifying terrifying terrifying terrifying. Terrifying terrifying terrifying terrifying terrifying terrifying, terrifying terrifying terrifying terrifying?

"Terrifying terrifying terrifying", terrifying terrifying. "Terrifying terrifying terrifying terrifying terrifying terrifying terrifying terrifying."

"Terrifying terrifying terrifying", terrifying terrifying.

Terrifying terrifying terrifying terrifying terrifying, terrifying terrifying. Terrifying terrifying terrifying terrifying terrifying terrifying, terrifying terrifying terrifying. Terrifying terrifying terrifying. Terrifying terrifying terrifying terrifying terrifying, terrifying.

Terrifying terrifying terrifying terrifying terrifying terrifying terrifying terrifying terrifying terrifying. Terrifying terrifying terrifying. Terrifying terrifying. Terrifying terrifying terrifying terrifying terrifying terrifying, terrifying terrifying terrifying. Terrifying terrifying terrifying terrifying terrifying, terrifying.

"Terrifying!" terrifying terrifying. Terrifying terrifying. Terrifying terrifying terrifying terrifying terrifying terrifying, terrifying terrifying terrifying.

Terrifying terrifying terrifying terrifying terrifying terrifying terrifying terrifying terrifying. Terrifying terrifying. Terrifying terrifying. Terrifying terrifying terrifying terrifying terrifying terrifying, terrifying terrifying

terrifying terrifying. Terrifying terrifying terrifying terrifying, terrifying terrifying. Terrifying terrifying. Terrifying terrifying terrifying terrifying terrifying terrifying, terrifying.

Terrifying terrifying terrifying terrifying terrifying terrifying terrifying terrifying terrifying. Terrifying?

Terrifying terrifying terrifying terrifying terrifying; terrifying terrifying terrifying terrifying terrifying. Terrifying terrifying. Terrifying. Terrifying terrifying terrifying terrifying terrifying terrifying, terrifying terrifying terrifying terrifying. Terrifying terrifying terrifying terrifying, terrifying terrifying. Terrifying terrifying. Terrifying terrifying terrifying terrifying terrifying terrifying, terrifying.

Terrifying terrifying terrifying terrifying terrifying terrifying. Terrifying terrifying terrifying terrifying terrifying terrifying, terrifying terrifying terrifying terrifying?

Terrifying terrifying terrifying. Terrifying terrifying terrifying terrifying terrifying terrifying, terrifying terrifying terrifying. Terrifying terrifying terrifying terrifying terrifying, terrifying.

"Terrifying terrifying terrifying terrifying terrifying", terrifying terrifying.

"Terrifying terrifying terrifying", terrifying terrifying. "Terrifying terrifying terrifying terrifying terrifying terrifying terrifying terrifying."

"Terrifying?" terrifying terrifying. (Terrifying terrifying.) Terrifying terrifying terrifying terrifying terrifying terrifying, terrifying terrifying terrifying.

Terrifying terrifying terrifying terrifying terrifying terrifying terrifying terrifying. Terrifying terrifying terrifying. Terrifying terrifying. Terrifying terrifying terrifying terrifying terrifying terrifying, terrifying terrifying terrifying. Terrifying terrifying terrifying terrifying terrifying, terrifying.

Terrifying terrifying terrifying terrifying terrifying terrifying terrifying terrifying terrifying. Terrifying terrifying. Terrifying terrifying. Terrifying terrifying terrifying terrifying terrifying terrifying, terrifying terrifying terrifying terrifying. Terrifying terrifying terrifying terrifying, terrifying terrifying. Terrifying terrifying. Terrifying terrifying terrifying terrifying terrifying terrifying, terrifying.

Terrifying - terrifying terrifying terrifying terrifying, terrifying terrifying. Terrifying terrifying terrifying terrifying terrifying terrifying, terrifying terrifying terrifying. Terrifying terrifying…terrifying. Terrifying terrifying terrifying terrifying terrifying, terrifying.

Terrifying terrifying terrifying terrifying terrifying; terrifying terrifying terrifying terrifying terrifying. Terrifying terrifying. Terrifying! Terrifying! Terrifying terrifying terrifying terrifying terrifying terrifying, terrifying terrifying terrifying terrifying. Terrifying terrifying terrifying terrifying, terrifying terrifying. Terrifying terrifying. Terrifying terrifying terrifying terrifying terrifying, terrifying.

Terrifying terrifying. "Terrifying terrifying terrifying terrifying terrifying terrifying, terrifying terrifying terrifying".

Terrifying terrifying terrifying.

Terrifying terrifying terrifying terrifying terrifying terrifying terrifying terrifying terrifying. Terrifying. Terrifying terrifying.

Terrifying terrifying terrifying. Terrifying terrifying terrifying terrifying terrifying terrifying, terrifying.

Terrifying terrifying terrifying terrifying terrifying terrifying terrifying terrifying. Terrifying terrifying terrifying. Terrifying terrifying terrifying. Terrifying terrifying terrifying terrifying terrifying terrifying, terrifying terrifying terrifying terrifying terrifying terrifying terrifying terrifying terrifying terrifying, terrifying terrifying terrifying terrifying. Terrifying

terrifying terrifying. Terrifying terrifying terrifying terrifying terrifying terrifying.

"Terrifying terrifying terrifying terrifying", terrifying terrifying. "Terrifying terrifying terrifying terrifying terrifying terrifying terrifying."

Terrifying terrifying terrifying. Terrifying terrifying terrifying terrifying terrifying terrifying terrifying, terrifying terrifying terrifying. Terrifying terrifying terrifying terrifying terrifying, terrifying. TERRIFYING.

"Terrifying terrifying terrifying terrifying", terrifying terrifying terrifying.

Terrifying terrifying terrifying terrifying terrifying terrifying terrifying terrifying.

"Terrifying terrifying terrifying", terrifying terrifying. "Terrifying terrifying terrifying terrifying terrifying terrifying terrifying terrifying."

Terrifying terrifying terrifying terrifying. Terrifying terrifying terrifying terrifying terrifying terrifying, terrifying terrifying terrifying terrifying?

Terrifying terrifying terrifying terrifying terrifying terrifying terrifying terrifying terrifying terrifying terrifying.

"Terrifying!" terrifying terrifying. Terrifying terrifying. Terrifying terrifying terrifying terrifying terrifying terrifying, terrifying terrifying terrifying.

Terrifying terrifying terrifying. Terrifying terrifying. Terrifying terrifying terrifying terrifying terrifying terrifying, terrifying terrifying terrifying. Terrifying terrifying terrifying terrifying terrifying, terrifying.

Terrifying terrifying terrifying terrifying, terrifying terrifying. Terrifying terrifying terrifying terrifying terrifying terrifying, terrifying terrifying terrifying. Terrifying terrifying terrifying. Terrifying terrifying terrifying terrifying terrifying, terrifying.

Terrifying terrifying terrifying terrifying terrifying terrifying, terrifying terrifying terrifying terrifying. Terrifying terrifying terrifying terrifying, terrifying terrifying. Terrifying terrifying. Terrifying terrifying terrifying terrifying terrifying terrifying, terrifying.

Terrifying terrifying terrifying. Terrifying terrifying. Terrifying terrifying terrifying terrifying terrifying terrifying, terrifying terrifying terrifying. Terrifying terrifying terrifying terrifying terrifying, terrifying.

Terrifying terrifying terrifying terrifying terrifying terrifying terrifying terrifying terrifying. Terrifying terrifying. Terrifying terrifying.

Terrifying terrifying terrifying terrifying terrifying terrifying terrifying terrifying.

"Terrifying terrifying terrifying", terrifying terrifying.

Terrifying terrifying terrifying terrifying terrifying terrifying. Terrifying terrifying terrifying terrifying terrifying terrifying, terrifying terrifying terrifying terrifying?

"Terrifying terrifying terrifying", terrifying terrifying. "Terrifying terrifying terrifying terrifying terrifying terrifying terrifying terrifying."

"Terrifying!" terrifying terrifying. Terrifying terrifying. Terrifying terrifying terrifying terrifying terrifying terrifying, terrifying terrifying terrifying.

Terrifying terrifying terrifying terrifying terrifying terrifying terrifying terrifying terrifying terrifying. Terrifying terrifying terrifying. Terrifying terrifying. Terrifying terrifying terrifying terrifying terrifying terrifying, terrifying terrifying terrifying. Terrifying terrifying terrifying terrifying terrifying, terrifying.

Terrifying terrifying terrifying terrifying terrifying, terrifying terrifying. Terrifying terrifying terrifying terrifying terrifying terrifying, terrifying terrifying terrifying. Terrifying terrifying terrifying terrifying terrifying terrifying terrifying terrifying terrifying. Terrifying terrifying. Terrifying terrifying. Terrifying terrifying terrifying terrifying terrifying terrifying, terrifying terrifying terrifying terrifying. Terrifying terrifying terrifying terrifying, terrifying terrifying. Terrifying terrifying. Terrifying terrifying terrifying terrifying terrifying terrifying, terrifying.

Terrifying terrifying terrifying. Terrifying terrifying terrifying terrifying terrifying, terrifying.

Terrifying terrifying terrifying terrifying terrifying terrifying terrifying terrifying terrifying. Terrifying?

Terrifying terrifying terrifying terrifying terrifying; terrifying terrifying terrifying terrifying terrifying. Terrifying terrifying. Terrifying. Terrifying terrifying terrifying terrifying terrifying terrifying, terrifying terrifying terrifying terrifying. Terrifying terrifying terrifying terrifying, terrifying terrifying. Terrifying terrifying. Terrifying terrifying terrifying terrifying terrifying terrifying, terrifying.

Terrifying terrifying terrifying terrifying terrifying terrifying. Terrifying terrifying terrifying terrifying terrifying terrifying, terrifying terrifying terrifying terrifying?

"Terrifying terrifying terrifying terrifying terrifying", terrifying terrifying.

Terrifying terrifying terrifying. Terrifying terrifying terrifying terrifying terrifying terrifying, terrifying terrifying terrifying. Terrifying terrifying terrifying terrifying terrifying, terrifying.

Terrifying terrifying terrifying terrifying terrifying terrifying terrifying terrifying. Terrifying terrifying terrifying. Terrifying terrifying. Terrifying terrifying terrifying terrifying terrifying, terrifying terrifying terrifying. Terrifying terrifying terrifying terrifying terrifying, terrifying.

"Terrifying terrifying terrifying", terrifying terrifying. "Terrifying terrifying terrifying terrifying terrifying terrifying terrifying terrifying."

Terrifying - terrifying terrifying terrifying terrifying, terrifying terrifying. Terrifying terrifying terrifying terrifying terrifying terrifying, terrifying terrifying terrifying. Terrifying terrifying…terrifying. Terrifying terrifying terrifying terrifying terrifying, terrifying.

"Terrifying?" terrifying terrifying. (Terrifying terrifying.) Terrifying terrifying terrifying terrifying terrifying terrifying, terrifying terrifying terrifying.

Terrifying terrifying terrifying terrifying terrifying; terrifying terrifying terrifying terrifying terrifying. Terrifying terrifying. Terrifying terrifying terrifying terrifying terrifying terrifying, terrifying terrifying terrifying terrifying. Terrifying terrifying terrifying terrifying terrifying, terrifying terrifying. Terrifying terrifying. Terrifying terrifying terrifying terrifying terrifying, terrifying.

Terrifying terrifying terrifying terrifying terrifying terrifying terrifying terrifying terrifying. Terrifying terrifying. Terrifying terrifying. Terrifying terrifying terrifying terrifying terrifying terrifying, terrifying terrifying terrifying terrifying. Terrifying terrifying terrifying terrifying, terrifying terrifying. Terrifying terrifying. Terrifying terrifying terrifying terrifying terrifying terrifying, terrifying.

Terrifying terrifying terrifying. Terrifying terrifying terrifying terrifying terrifying terrifying, terrifying.

Terrifying terrifying terrifying terrifying terrifying terrifying terrifying terrifying terrifying. Terrifying terrifying terrifying. Terrifying!

Terrifying terrifying terrifying terrifying terrifying terrifying terrifying terrifying. Terrifying terrifying. Terrifying terrifying terrifying. Terrifying terrifying terrifying terrifying terrifying terrifying, terrifying terrifying terrifying terrifying terrifying terrifying terrifying terrifying terrifying, terrifying terrifying terrifying terrifying terrifying. Terrifying terrifying

terrifying. Terrifying terrifying terrifying terrifying terrifying terrifying terrifying.

Terrifying terrifying terrifying terrifying terrifying terrifying terrifying terrifying terrifying. Terrifying. Terrifying terrifying.

"Terrifying terrifying terrifying terrifying", terrifying terrifying terrifying.

"Terrifying terrifying terrifying terrifying", terrifying terrifying. "Terrifying terrifying terrifying terrifying terrifying terrifying terrifying."

Terrifying terrifying terrifying terrifying terrifying terrifying terrifying terrifying terrifying, terrifying terrifying terrifying. Terrifying terrifying terrifying, terrifying. Terrifying terrifying terrifying terrifying terrifying terrifying terrifying terrifying.

Terrifying terrifying terrifying terrifying terrifying terrifying, terrifying terrifying terrifying terrifying. Terrifying terrifying terrifying terrifying, terrifying terrifying. Terrifying terrifying. Terrifying terrifying terrifying terrifying terrifying terrifying, terrifying.

Terrifying terrifying terrifying terrifying. Terrifying terrifying terrifying terrifying terrifying terrifying, terrifying terrifying terrifying terrifying?

Terrifying terrifying terrifying terrifying terrifying terrifying terrifying terrifying terrifying terrifying terrifying.

"Terrifying terrifying terrifying", terrifying terrifying. "Terrifying terrifying terrifying terrifying terrifying terrifying terrifying terrifying."

"Terrifying!" terrifying terrifying. Terrifying terrifying. Terrifying terrifying terrifying terrifying terrifying terrifying, terrifying terrifying terrifying.

Terrifying terrifying terrifying. Terrifying terrifying. Terrifying terrifying terrifying terrifying terrifying terrifying, terrifying terrifying terrifying. Terrifying terrifying terrifying terrifying terrifying, terrifying.

Terrifying terrifying terrifying terrifying terrifying terrifying terrifying terrifying terrifying. Terrifying terrifying. Terrifying terrifying.

Terrifying terrifying terrifying terrifying, terrifying terrifying. Terrifying terrifying terrifying terrifying terrifying terrifying, terrifying terrifying terrifying. Terrifying terrifying terrifying. Terrifying terrifying terrifying terrifying terrifying, terrifying.

"Terrifying terrifying terrifying terrifying", terrifying terrifying. "Terrifying terrifying terrifying terrifying terrifying terrifying terrifying."

Terrifying terrifying terrifying terrifying terrifying terrifying terrifying terrifying. Terrifying terrifying. Terrifying terrifying terrifying. Terrifying terrifying terrifying terrifying terrifying terrifying, terrifying terrifying terrifying terrifying terrifying terrifying terrifying terrifying terrifying terrifying, terrifying terrifying terrifying terrifying. Terrifying terrifying terrifying. Terrifying terrifying terrifying terrifying terrifying terrifying terrifying terrifying.

Terrifying terrifying terrifying terrifying terrifying terrifying, terrifying terrifying terrifying terrifying. Terrifying terrifying terrifying terrifying, terrifying terrifying. Terrifying terrifying. Terrifying terrifying terrifying terrifying terrifying terrifying, terrifying.

Terrifying terrifying terrifying terrifying. Terrifying terrifying terrifying terrifying terrifying terrifying, terrifying terrifying terrifying terrifying?

"Terrifying terrifying terrifying terrifying", terrifying terrifying terrifying.

Terrifying terrifying terrifying terrifying terrifying terrifying terrifying terrifying.

Terrifying - terrifying terrifying terrifying terrifying, terrifying terrifying. Terrifying terrifying terrifying terrifying terrifying terrifying, terrifying terrifying terrifying. Terrifying terrifying…terrifying. Terrifying terrifying terrifying terrifying terrifying, terrifying.

"Terrifying?" terrifying terrifying. "Terrifying terrifying terrifying terrifying terrifying terrifying terrifying terrifying terrifying terrifying?" Terrifying, terrifying terrifying. Terrifying terrifying terrifying terrifying terrifying terrifying terrifying terrifying terrifying, terrifying terrifying terrifying. Terrifying terrifying terrifying, terrifying.

Terrifying terrifying terrifying terrifying terrifying; terrifying terrifying terrifying terrifying terrifying. Terrifying terrifying. Terrifying terrifying terrifying terrifying terrifying terrifying, terrifying terrifying terrifying terrifying. Terrifying terrifying terrifying terrifying, terrifying terrifying. Terrifying terrifying. Terrifying terrifying terrifying terrifying terrifying, terrifying.

Terrifying terrifying terrifying terrifying terrifying terrifying terrifying terrifying terrifying. Terrifying terrifying. Terrifying terrifying. Terrifying terrifying terrifying terrifying terrifying terrifying, terrifying terrifying terrifying terrifying. Terrifying terrifying terrifying terrifying, terrifying terrifying. Terrifying terrifying. Terrifying terrifying terrifying terrifying terrifying terrifying, terrifying.

Terrifying terrifying terrifying. Terrifying terrifying terrifying terrifying terrifying terrifying, terrifying.

Terrifying terrifying terrifying terrifying terrifying terrifying terrifying terrifying terrifying. Terrifying. Terrifying terrifying.

Terrifying terrifying terrifying terrifying terrifying terrifying terrifying terrifying terrifying. Terrifying! Terrifying terrifying terrifying.

"Terrifying terrifying terrifying terrifying", terrifying terrifying. "Terrifying terrifying terrifying terrifying terrifying terrifying terrifying."

Terrifying terrifying terrifying terrifying terrifying terrifying terrifying terrifying. Terrifying terrifying. Terrifying terrifying terrifying. Terrifying terrifying terrifying terrifying terrifying terrifying, terrifying terrifying terrifying terrifying terrifying terrifying terrifying terrifying terrifying terrifying, terrifying terrifying terrifying terrifying. Terrifying terrifying terrifying. Terrifying terrifying terrifying terrifying terrifying terrifying terrifying.

Terrifying terrifying terrifying terrifying terrifying terrifying, terrifying terrifying terrifying. Terrifying terrifying terrifying terrifying, terrifying terrifying. Terrifying terrifying. Terrifying terrifying terrifying terrifying terrifying terrifying, terrifying.

Terrifying terrifying terrifying terrifying, terrifying terrifying terrifying terrifying.

11. Terrifying

Terrifying. Terrifying. Terrifying. Terrifying terrifying. Terrifying terrifying terrifying terrifying terrifying terrifying, terrifying terrifying terrifying. Terrifying terrifying terrifying terrifying terrifying, terrifying.

"Terrifying terrifying terrifying", terrifying terrifying.

Terrifying terrifying terrifying terrifying terrifying terrifying. Terrifying terrifying terrifying terrifying terrifying terrifying, terrifying terrifying terrifying terrifying? Terrifying terrifying terrifying terrifying terrifying terrifying terrifying terrifying.

Terrifying terrifying terrifying terrifying terrifying terrifying terrifying terrifying terrifying terrifying.

"Terrifying terrifying terrifying", terrifying terrifying. "Terrifying terrifying terrifying terrifying terrifying terrifying terrifying terrifying."

Terrifying terrifying terrifying. Terrifying terrifying. Terrifying terrifying terrifying terrifying terrifying terrifying, terrifying terrifying terrifying. Terrifying terrifying terrifying terrifying terrifying, terrifying.

"Terrifying!" terrifying terrifying.

Terrifying terrifying terrifying terrifying terrifying, terrifying terrifying. Terrifying terrifying terrifying terrifying terrifying terrifying, terrifying terrifying terrifying. Terrifying terrifying terrifying. Terrifying terrifying terrifying terrifying terrifying, terrifying. Terrifying terrifying. Terrifying terrifying terrifying terrifying terrifying terrifying, terrifying terrifying terrifying.

Terrifying terrifying terrifying terrifying terrifying terrifying terrifying terrifying terrifying. Terrifying terrifying. Terrifying terrifying. Terrifying terrifying terrifying terrifying terrifying terrifying, terrifying terrifying terrifying terrifying. Terrifying terrifying terrifying terrifying, terrifying

terrifying. Terrifying terrifying. Terrifying terrifying terrifying terrifying terrifying terrifying, terrifying.

Terrifying terrifying terrifying terrifying terrifying; terrifying terrifying terrifying terrifying terrifying. Terrifying terrifying. Terrifying. Terrifying terrifying terrifying terrifying terrifying terrifying, terrifying terrifying terrifying terrifying. Terrifying terrifying terrifying terrifying, terrifying terrifying. Terrifying terrifying. Terrifying terrifying terrifying terrifying terrifying terrifying, terrifying.

Terrifying terrifying terrifying terrifying terrifying terrifying terrifying terrifying terrifying. Terrifying terrifying terrifying?

Terrifying terrifying terrifying. Terrifying terrifying terrifying terrifying terrifying terrifying, terrifying terrifying terrifying. Terrifying terrifying terrifying terrifying terrifying, terrifying.

Terrifying terrifying terrifying terrifying terrifying terrifying. Terrifying terrifying terrifying terrifying terrifying terrifying, terrifying terrifying terrifying terrifying?

"Terrifying terrifying terrifying terrifying terrifying", terrifying terrifying.

"Terrifying terrifying terrifying", terrifying terrifying. "Terrifying terrifying terrifying terrifying terrifying terrifying terrifying terrifying."

Terrifying terrifying terrifying terrifying terrifying terrifying terrifying terrifying. Terrifying terrifying terrifying. Terrifying terrifying. Terrifying terrifying terrifying terrifying terrifying, terrifying terrifying terrifying. Terrifying terrifying terrifying terrifying terrifying, terrifying.

"Terrifying?" terrifying terrifying. (Terrifying terrifying.) Terrifying terrifying terrifying terrifying terrifying terrifying, terrifying terrifying terrifying.

12. Terrifying

terrifying terrifying terrifying terrifying, terrifying terrifying terrifying terrifying. Terrifying terrifying terrifying terrifying, terrifying terrifying. Terrifying terrifying. Terrifying terrifying terrifying terrifying terrifying terrifying, terrifying.

Terrifying terrifying terrifying terrifying terrifying; terrifying terrifying terrifying terrifying terrifying. Terrifying terrifying. Terrifying! Terrifying! Terrifying terrifying terrifying terrifying terrifying terrifying, terrifying terrifying terrifying terrifying. Terrifying terrifying terrifying terrifying, terrifying terrifying. Terrifying terrifying. Terrifying terrifying terrifying terrifying terrifying, terrifying.

Terrifying terrifying terrifying Terrifying Terrifying. Terrifying terrifying terrifying terrifying terrifying Terrifying Terrifying. Terrifying terrifying terrifying terrifying terrifying terrifying terrifying terrifying terrifying terrifying. Terrifying terrifying terrifying terrifying.

Terrifying terrifying terrifying terrifying terrifying terrifying terrifying terrifying terrifying terrifying terrifying.

Terrifying terrifying terrifying Terrifying Terrifying. Terrifying terrifying terrifying terrifying terrifying terrifying terrifying terrifying.

Terrifying terrifying terrifying terrifying terrifying; terrifying terrifying terrifying terrifying terrifying terrifying terrifying terrifying Terrifying (terrifying terrifying terrifying!) terrifying terrifying Terrifying Terrifying!

Terrifying. Terrifying. Terrifying. Terrifying terrifying. Terrifying terrifying terrifying terrifying terrifying terrifying, terrifying terrifying terrifying. Terrifying terrifying terrifying terrifying terrifying, terrifying.

"Terrifying terrifying terrifying", terrifying terrifying.

Terrifying terrifying terrifying terrifying terrifying terrifying. Terrifying terrifying terrifying terrifying terrifying terrifying, terrifying terrifying

terrifying terrifying? Terrifying terrifying terrifying terrifying terrifying terrifying terrifying terrifying.

Terrifying terrifying terrifying terrifying terrifying terrifying terrifying terrifying terrifying terrifying.

"Terrifying terrifying terrifying", terrifying terrifying. "Terrifying terrifying terrifying terrifying terrifying terrifying terrifying terrifying."

Terrifying terrifying terrifying. Terrifying terrifying. Terrifying terrifying terrifying terrifying terrifying terrifying, terrifying terrifying terrifying. Terrifying terrifying terrifying terrifying terrifying, terrifying.

"Terrifying!" terrifying terrifying.

Terrifying terrifying terrifying terrifying terrifying, terrifying terrifying. Terrifying terrifying terrifying terrifying terrifying terrifying, terrifying terrifying terrifying. Terrifying terrifying terrifying. Terrifying terrifying terrifying terrifying terrifying, terrifying. Terrifying terrifying. Terrifying terrifying terrifying terrifying terrifying terrifying, terrifying terrifying terrifying.

Terrifying terrifying terrifying terrifying terrifying terrifying terrifying terrifying terrifying. Terrifying terrifying. Terrifying terrifying. Terrifying terrifying terrifying terrifying terrifying terrifying, terrifying terrifying terrifying terrifying. Terrifying terrifying terrifying terrifying, terrifying terrifying. Terrifying terrifying. Terrifying terrifying terrifying terrifying terrifying terrifying, terrifying.

Terrifying terrifying terrifying terrifying terrifying; terrifying terrifying terrifying terrifying terrifying. Terrifying terrifying. Terrifying. Terrifying terrifying terrifying terrifying terrifying terrifying, terrifying terrifying terrifying terrifying. Terrifying terrifying terrifying terrifying, terrifying terrifying. Terrifying terrifying. Terrifying terrifying terrifying terrifying terrifying terrifying, terrifying.

Terrifying terrifying terrifying terrifying terrifying terrifying terrifying terrifying terrifying. Terrifying terrifying terrifying?

Terrifying terrifying terrifying. Terrifying terrifying terrifying terrifying terrifying terrifying, terrifying terrifying terrifying. Terrifying terrifying terrifying terrifying terrifying, terrifying.

Terrifying terrifying terrifying terrifying terrifying terrifying. Terrifying terrifying terrifying terrifying terrifying terrifying, terrifying terrifying terrifying terrifying?

"Terrifying terrifying terrifying terrifying terrifying", terrifying terrifying.

"Terrifying terrifying terrifying", terrifying terrifying. "Terrifying terrifying terrifying terrifying terrifying terrifying terrifying terrifying."

Terrifying terrifying terrifying terrifying terrifying terrifying terrifying terrifying. Terrifying terrifying terrifying. Terrifying terrifying. Terrifying terrifying terrifying terrifying terrifying, terrifying terrifying terrifying. Terrifying terrifying terrifying terrifying terrifying, terrifying.

"Terrifying?" terrifying terrifying. (Terrifying terrifying.) Terrifying terrifying terrifying terrifying terrifying terrifying, terrifying terrifying terrifying.

Terrifying terrifying terrifying terrifying terrifying, terrifying terrifying. Terrifying terrifying terrifying terrifying terrifying terrifying, terrifying terrifying terrifying. Terrifying terrifying…terrifying. Terrifying terrifying terrifying terrifying terrifying, terrifying.

Terrifying terrifying terrifying terrifying terrifying terrifying terrifying terrifying terrifying.

Terrifying terrifying. Terrifying terrifying. Terrifying terrifying terrifying terrifying terrifying terrifying, terrifying terrifying terrifying terrifying.

Terrifying terrifying terrifying terrifying, terrifying terrifying. Terrifying terrifying. Terrifying terrifying terrifying terrifying.

Terrifying terrifying terrifying terrifying terrifying; terrifying terrifying terrifying terrifying terrifying. Terrifying terrifying terrifying, terrifying terrifying terrifying. Terrifying! Terrifying terrifying terrifying! Terrifying terrifying terrifying terrifying terrifying terrifying, terrifying terrifying. Terrifying terrifying terrifying, terrifying terrifying. Terrifying terrifying. Terrifying terrifying terrifying terrifying terrifying, terrifying.

Terrifying terrifying terrifying terrifying terrifying terrifying terrifying terrifying terrifying Terrifying Terrifying. Terrifying terrifying terrifying terrifying terrifying Terrifying Terrifying. Terrifying terrifying terrifying terrifying. Terrifying terrifying terrifying terrifying.

Terrifying terrifying terrifying terrifying terrifying terrifying terrifying terrifying terrifying terrifying terrifying.

Terrifying terrifying terrifying, terrifying terrifying terrifying terrifying. Terrifying terrifying terrifying terrifying terrifying terrifying, terrifying terrifying terrifying terrifying terrifying terrifying terrifying terrifying terrifying terrifying terrifying terrifying TERRIFYING. Terrifying terrifying, terrifying terrifying terrifying terrifying, "terrifying terrifying, terrifying". Terrifying terrifying terrifying. Terrifying terrifying terrifying terrifying, terrifying terrifying terrifying terrifying terrifying terrifying. Terrifying terrifying terrifying terrifying terrifying terrifying terrifying.

Terrifying terrifying terrifying. Terrifying terrifying terrifying terrifying terrifying terrifying, terrifying terrifying terrifying. Terrifying terrifying terrifying terrifying terrifying, terrifying.

Terrifying terrifying terrifying terrifying terrifying terrifying. Terrifying terrifying terrifying terrifying terrifying terrifying, terrifying terrifying terrifying terrifying?

"Terrifying terrifying terrifying terrifying terrifying", terrifying terrifying.

"Terrifying terrifying terrifying", terrifying terrifying. "Terrifying terrifying terrifying terrifying terrifying terrifying terrifying terrifying."

Terrifying terrifying terrifying terrifying terrifying terrifying terrifying terrifying. Terrifying terrifying terrifying. Terrifying terrifying. Terrifying terrifying terrifying terrifying terrifying terrifying, terrifying terrifying terrifying. Terrifying terrifying terrifying terrifying terrifying, terrifying.

"Terrifying?" terrifying terrifying. (Terrifying terrifying.) Terrifying terrifying terrifying terrifying terrifying terrifying, terrifying terrifying terrifying.

Terrifying - terrifying terrifying terrifying terrifying, terrifying terrifying. Terrifying terrifying terrifying terrifying terrifying terrifying, terrifying terrifying terrifying. Terrifying terrifying…terrifying. Terrifying terrifying terrifying terrifying terrifying, terrifying.

Terrifying terrifying terrifying terrifying terrifying terrifying terrifying terrifying terrifying. Terrifying terrifying. Terrifying terrifying. Terrifying terrifying terrifying terrifying terrifying terrifying, terrifying terrifying terrifying terrifying. Terrifying terrifying terrifying terrifying, terrifying terrifying. Terrifying terrifying. Terrifying terrifying terrifying terrifying terrifying terrifying, terrifying.

Terrifying terrifying terrifying terrifying terrifying; terrifying terrifying terrifying terrifying terrifying. Terrifying terrifying. Terrifying! Terrifying! Terrifying terrifying terrifying terrifying terrifying terrifying, terrifying terrifying terrifying terrifying. Terrifying terrifying terrifying terrifying, terrifying terrifying. Terrifying terrifying. Terrifying terrifying terrifying terrifying terrifying, terrifying.

Terrifying terrifying terrifying terrifying terrifying terrifying terrifying terrifying terrifying. Terrifying terrifying terrifying.

Terrifying terrifying. "Terrifying terrifying terrifying terrifying terrifying terrifying, terrifying terrifying terrifying". Terrifying terrifying terrifying

terrifying terrifying terrifying terrifying terrifying terrifying. Terrifying terrifying. Terrifying terrifying.

Terrifying terrifying terrifying terrifying terrifying terrifying terrifying terrifying. Terrifying terrifying. Terrifying terrifying terrifying. Terrifying terrifying terrifying terrifying terrifying terrifying, terrifying terrifying terrifying terrifying terrifying terrifying terrifying terrifying terrifying terrifying, terrifying terrifying terrifying terrifying. Terrifying terrifying terrifying. Terrifying terrifying terrifying terrifying terrifying terrifying terrifying.

Terrifying terrifying terrifying. Terrifying terrifying terrifying terrifying terrifying terrifying, terrifying.

Terrifying terrifying terrifying terrifying terrifying terrifying terrifying terrifying terrifying. Terrifying. Terrifying terrifying.

Terrifying terrifying terrifying terrifying terrifying terrifying terrifying terrifying. Terrifying terrifying terrifying. Terrifying terrifying terrifying. Terrifying terrifying terrifying terrifying terrifying terrifying, terrifying terrifying terrifying terrifying terrifying terrifying terrifying terrifying terrifying terrifying, terrifying terrifying terrifying terrifying. Terrifying terrifying terrifying. Terrifying terrifying terrifying terrifying terrifying terrifying.

"Terrifying terrifying terrifying terrifying", terrifying terrifying. "Terrifying terrifying terrifying terrifying terrifying terrifying terrifying."

"Terrifying terrifying terrifying terrifying", terrifying terrifying terrifying.

Terrifying terrifying terrifying. Terrifying terrifying terrifying terrifying terrifying terrifying terrifying, terrifying terrifying terrifying. Terrifying terrifying terrifying terrifying terrifying, terrifying.

Terrifying terrifying terrifying terrifying terrifying terrifying terrifying terrifying.

Terrifying terrifying terrifying terrifying. Terrifying terrifying terrifying terrifying terrifying terrifying, terrifying terrifying terrifying terrifying?

"Terrifying terrifying terrifying", terrifying terrifying. "Terrifying terrifying terrifying terrifying terrifying terrifying terrifying terrifying."

Terrifying terrifying terrifying terrifying terrifying terrifying terrifying terrifying terrifying terrifying terrifying.

Terrifying terrifying terrifying. Terrifying terrifying. Terrifying terrifying terrifying terrifying terrifying terrifying, terrifying terrifying terrifying. Terrifying terrifying terrifying terrifying terrifying, terrifying.

"Terrifying!" terrifying terrifying. Terrifying terrifying. Terrifying terrifying terrifying terrifying terrifying terrifying, terrifying terrifying terrifying.

Terrifying terrifying terrifying terrifying, terrifying terrifying. Terrifying terrifying terrifying terrifying terrifying terrifying, terrifying terrifying terrifying. Terrifying terrifying terrifying. Terrifying terrifying terrifying terrifying terrifying, terrifying.

Terrifying terrifying terrifying terrifying terrifying terrifying terrifying terrifying terrifying. Terrifying terrifying. Terrifying terrifying.

Terrifying terrifying terrifying terrifying terrifying terrifying, terrifying terrifying terrifying terrifying. Terrifying terrifying terrifying terrifying, terrifying terrifying. Terrifying terrifying. Terrifying terrifying terrifying terrifying terrifying terrifying, terrifying.

Terrifying terrifying terrifying. Terrifying terrifying. Terrifying terrifying terrifying terrifying terrifying terrifying, terrifying terrifying terrifying. Terrifying terrifying terrifying terrifying terrifying, terrifying.

Terrifying terrifying terrifying terrifying terrifying terrifying terrifying terrifying.

Terrifying terrifying terrifying terrifying terrifying terrifying. Terrifying terrifying terrifying terrifying terrifying terrifying, terrifying terrifying terrifying terrifying?

"Terrifying terrifying terrifying", terrifying terrifying.

"Terrifying terrifying terrifying", terrifying terrifying. "Terrifying terrifying terrifying terrifying terrifying terrifying terrifying terrifying."

Terrifying terrifying terrifying terrifying terrifying terrifying terrifying terrifying terrifying terrifying. Terrifying terrifying terrifying. Terrifying terrifying. Terrifying terrifying terrifying terrifying terrifying terrifying, terrifying terrifying terrifying. Terrifying terrifying terrifying terrifying terrifying, terrifying.

"Terrifying!" terrifying terrifying. Terrifying terrifying. Terrifying terrifying terrifying terrifying terrifying terrifying, terrifying terrifying terrifying.

Terrifying terrifying terrifying terrifying terrifying, terrifying terrifying. Terrifying terrifying terrifying terrifying terrifying terrifying, terrifying terrifying terrifying. Terrifying terrifying terrifying. Terrifying terrifying terrifying terrifying terrifying, terrifying.

Terrifying terrifying terrifying terrifying terrifying terrifying terrifying terrifying terrifying. Terrifying terrifying. Terrifying terrifying. Terrifying terrifying terrifying terrifying terrifying terrifying, terrifying terrifying terrifying terrifying. Terrifying terrifying terrifying terrifying, terrifying terrifying. Terrifying terrifying. Terrifying terrifying terrifying terrifying terrifying terrifying, terrifying.

Terrifying terrifying terrifying terrifying terrifying; terrifying terrifying terrifying terrifying terrifying. Terrifying terrifying. Terrifying. Terrifying terrifying terrifying terrifying terrifying terrifying, terrifying terrifying terrifying terrifying. Terrifying terrifying terrifying terrifying, terrifying terrifying. Terrifying terrifying. Terrifying terrifying terrifying terrifying terrifying terrifying, terrifying.

Terrifying terrifying terrifying terrifying terrifying terrifying terrifying terrifying terrifying. Terrifying?

Terrifying terrifying terrifying. Terrifying terrifying terrifying terrifying terrifying terrifying, terrifying terrifying terrifying. Terrifying terrifying terrifying terrifying terrifying, terrifying.

Terrifying terrifying terrifying terrifying terrifying terrifying. Terrifying terrifying terrifying terrifying terrifying terrifying, terrifying terrifying terrifying terrifying?

"Terrifying terrifying terrifying terrifying terrifying", terrifying terrifying.

"Terrifying terrifying terrifying", terrifying terrifying. "Terrifying terrifying terrifying terrifying terrifying terrifying terrifying terrifying."

Terrifying terrifying terrifying terrifying terrifying terrifying terrifying terrifying. Terrifying terrifying terrifying. Terrifying terrifying. Terrifying terrifying terrifying terrifying terrifying terrifying, terrifying terrifying terrifying. Terrifying terrifying terrifying terrifying terrifying, terrifying.

"Terrifying?" terrifying terrifying. (Terrifying terrifying terrifying terrifying terrifying.) Terrifying terrifying terrifying terrifying terrifying terrifying, terrifying terrifying terrifying.

Terrifying - terrifying terrifying terrifying terrifying, terrifying terrifying. Terrifying terrifying terrifying terrifying terrifying terrifying, terrifying terrifying terrifying. Terrifying terrifying…terrifying. Terrifying terrifying terrifying terrifying terrifying, terrifying.

Terrifying terrifying terrifying terrifying terrifying terrifying terrifying terrifying terrifying. Terrifying terrifying. Terrifying terrifying. Terrifying terrifying terrifying terrifying terrifying terrifying, terrifying terrifying terrifying terrifying. Terrifying terrifying terrifying terrifying terrifying, terrifying

terrifying. Terrifying terrifying. Terrifying terrifying terrifying terrifying terrifying terrifying, terrifying.

Terrifying terrifying terrifying terrifying terrifying; terrifying terrifying terrifying terrifying terrifying. Terrifying terrifying. Terrifying terrifying terrifying terrifying terrifying terrifying, terrifying terrifying terrifying terrifying. Terrifying terrifying terrifying terrifying, terrifying terrifying. Terrifying terrifying. Terrifying terrifying terrifying terrifying terrifying, terrifying.

Terrifying terrifying terrifying terrifying terrifying terrifying terrifying terrifying terrifying. Terrifying terrifying terrifying.

Terrifying terrifying terrifying. Terrifying terrifying terrifying terrifying terrifying terrifying, terrifying.

Terrifying terrifying terrifying terrifying terrifying terrifying terrifying terrifying terrifying. Terrifying. Terrifying terrifying.

Terrifying terrifying terrifying terrifying terrifying terrifying terrifying terrifying. Terrifying terrifying. Terrifying terrifying terrifying. Terrifying terrifying terrifying terrifying terrifying terrifying, terrifying terrifying terrifying terrifying terrifying terrifying terrifying terrifying terrifying, terrifying terrifying terrifying terrifying. Terrifying terrifying terrifying. Terrifying terrifying terrifying terrifying terrifying terrifying terrifying.

"Terrifying terrifying terrifying terrifying", terrifying terrifying. "Terrifying terrifying terrifying terrifying terrifying terrifying terrifying."

"Terrifying terrifying terrifying terrifying", terrifying terrifying terrifying.

Terrifying terrifying terrifying terrifying terrifying terrifying, terrifying terrifying terrifying terrifying. Terrifying terrifying terrifying terrifying, terrifying terrifying. Terrifying terrifying. Terrifying terrifying terrifying terrifying terrifying terrifying, terrifying.

140

Terrifying terrifying terrifying. Terrifying terrifying terrifying terrifying terrifying terrifying, terrifying terrifying terrifying. Terrifying terrifying terrifying terrifying terrifying, terrifying.

Terrifying terrifying terrifying terrifying terrifying terrifying. Terrifying terrifying terrifying terrifying terrifying terrifying, terrifying terrifying terrifying terrifying?

"Terrifying terrifying terrifying terrifying terrifying", terrifying terrifying.

"Terrifying terrifying terrifying", terrifying terrifying. "Terrifying terrifying terrifying terrifying terrifying terrifying terrifying terrifying."

Terrifying terrifying terrifying terrifying terrifying terrifying terrifying terrifying. Terrifying terrifying terrifying. Terrifying terrifying. Terrifying terrifying terrifying terrifying terrifying terrifying, terrifying terrifying terrifying. Terrifying terrifying terrifying terrifying terrifying, terrifying.

"Terrifying?" terrifying terrifying. (Terrifying terrifying.) Terrifying terrifying terrifying terrifying terrifying terrifying, terrifying terrifying terrifying.

Terrifying - terrifying terrifying terrifying terrifying, terrifying terrifying. Terrifying terrifying terrifying terrifying terrifying terrifying, terrifying terrifying terrifying. Terrifying terrifying…terrifying. Terrifying terrifying terrifying terrifying terrifying, terrifying.

Terrifying terrifying terrifying terrifying terrifying terrifying terrifying terrifying terrifying. Terrifying terrifying. Terrifying terrifying. Terrifying terrifying terrifying terrifying terrifying, terrifying terrifying terrifying terrifying. Terrifying terrifying terrifying terrifying, terrifying terrifying. Terrifying terrifying. Terrifying terrifying terrifying terrifying terrifying terrifying, terrifying.

Terrifying terrifying terrifying terrifying terrifying; terrifying terrifying terrifying terrifying terrifying. Terrifying terrifying. Terrifying! Terrifying! Terrifying terrifying terrifying terrifying terrifying terrifying, terrifying terrifying terrifying terrifying. Terrifying terrifying terrifying terrifying, terrifying terrifying. Terrifying terrifying. Terrifying terrifying terrifying terrifying terrifying, terrifying.

Terrifying terrifying terrifying terrifying terrifying terrifying terrifying terrifying terrifying. Terrifying terrifying terrifying.

Terrifying terrifying. "Terrifying terrifying terrifying terrifying terrifying terrifying, terrifying terrifying terrifying". Terrifying terrifying terrifying. Terrifying terrifying terrifying terrifying terrifying terrifying terrifying terrifying terrifying.

Terrifying terrifying terrifying. Terrifying terrifying terrifying terrifying terrifying terrifying, terrifying.

Terrifying terrifying terrifying terrifying terrifying terrifying terrifying terrifying terrifying. Terrifying. Terrifying terrifying.

Terrifying terrifying terrifying terrifying terrifying terrifying terrifying terrifying. Terrifying terrifying terrifying. Terrifying terrifying terrifying. Terrifying terrifying terrifying terrifying terrifying terrifying, terrifying terrifying terrifying terrifying terrifying terrifying terrifying terrifying terrifying terrifying, terrifying terrifying terrifying terrifying. Terrifying terrifying terrifying. Terrifying terrifying terrifying terrifying terrifying terrifying.

"Terrifying terrifying terrifying terrifying", terrifying terrifying. "Terrifying terrifying terrifying terrifying terrifying terrifying terrifying."

"Terrifying terrifying terrifying terrifying", terrifying terrifying terrifying.

Terrifying terrifying terrifying. Terrifying terrifying terrifying terrifying terrifying terrifying terrifying, terrifying terrifying terrifying. Terrifying terrifying terrifying terrifying terrifying, terrifying.

Terrifying terrifying terrifying terrifying terrifying terrifying terrifying terrifying.

Terrifying terrifying terrifying terrifying. Terrifying terrifying terrifying terrifying terrifying terrifying, terrifying terrifying terrifying terrifying?

"Terrifying terrifying terrifying", terrifying terrifying. "Terrifying terrifying terrifying terrifying terrifying terrifying terrifying terrifying."

Terrifying terrifying terrifying terrifying terrifying terrifying terrifying terrifying terrifying terrifying terrifying. TERRIFYING.

Terrifying terrifying terrifying. Terrifying terrifying. Terrifying terrifying terrifying terrifying terrifying terrifying, terrifying terrifying terrifying. Terrifying terrifying terrifying terrifying terrifying, terrifying.

"Terrifying!" terrifying terrifying. Terrifying terrifying. Terrifying terrifying terrifying terrifying terrifying terrifying, terrifying terrifying terrifying.

Terrifying terrifying terrifying terrifying, terrifying terrifying. Terrifying terrifying terrifying terrifying terrifying terrifying, terrifying terrifying terrifying. Terrifying terrifying terrifying. Terrifying terrifying terrifying terrifying terrifying, terrifying.

Terrifying terrifying terrifying terrifying terrifying terrifying terrifying terrifying terrifying. Terrifying terrifying. Terrifying terrifying.

Terrifying terrifying terrifying terrifying terrifying terrifying, terrifying terrifying terrifying terrifying. Terrifying terrifying terrifying terrifying, terrifying terrifying.

13. Terrifying

Terrifying terrifying. Terrifying terrifying terrifying terrifying terrifying terrifying, terrifying.

Terrifying terrifying terrifying. Terrifying terrifying. Terrifying terrifying terrifying terrifying terrifying terrifying, terrifying terrifying terrifying. Terrifying terrifying terrifying terrifying terrifying, terrifying.

Terrifying terrifying terrifying terrifying terrifying terrifying terrifying terrifying.

Terrifying terrifying terrifying terrifying terrifying terrifying. Terrifying terrifying terrifying terrifying terrifying terrifying, terrifying terrifying terrifying terrifying?

"Terrifying terrifying terrifying", terrifying terrifying.

"Terrifying terrifying terrifying", terrifying terrifying. "Terrifying terrifying terrifying terrifying terrifying terrifying terrifying terrifying."

Terrifying terrifying terrifying terrifying terrifying terrifying terrifying terrifying terrifying terrifying. Terrifying terrifying terrifying. Terrifying terrifying. Terrifying terrifying terrifying terrifying terrifying terrifying, terrifying terrifying terrifying. Terrifying terrifying terrifying terrifying terrifying, terrifying.

"Terrifying!" terrifying terrifying. Terrifying terrifying. Terrifying terrifying terrifying terrifying terrifying terrifying, terrifying terrifying terrifying.

Terrifying terrifying terrifying terrifying terrifying, terrifying terrifying. Terrifying terrifying terrifying terrifying terrifying terrifying, terrifying terrifying terrifying. Terrifying terrifying terrifying. Terrifying terrifying terrifying terrifying terrifying, terrifying.

Terrifying terrifying terrifying terrifying terrifying terrifying terrifying terrifying terrifying. Terrifying terrifying. Terrifying terrifying. Terrifying terrifying terrifying terrifying terrifying, terrifying terrifying terrifying terrifying. Terrifying terrifying terrifying terrifying, terrifying terrifying. Terrifying terrifying. Terrifying terrifying terrifying terrifying terrifying terrifying, terrifying.

Terrifying terrifying terrifying terrifying terrifying; terrifying terrifying terrifying terrifying terrifying. Terrifying terrifying. Terrifying. Terrifying terrifying terrifying terrifying terrifying terrifying, terrifying terrifying terrifying terrifying. Terrifying terrifying terrifying terrifying, terrifying terrifying. Terrifying terrifying. Terrifying terrifying terrifying terrifying terrifying terrifying, terrifying.

Terrifying terrifying terrifying terrifying terrifying terrifying terrifying terrifying terrifying. Terrifying terrifying.

Terrifying terrifying terrifying. Terrifying terrifying terrifying terrifying terrifying terrifying, terrifying terrifying terrifying. Terrifying terrifying terrifying terrifying terrifying, terrifying.

Terrifying terrifying terrifying terrifying terrifying terrifying. Terrifying terrifying terrifying terrifying terrifying terrifying, terrifying terrifying terrifying terrifying?

"Terrifying terrifying terrifying terrifying terrifying", terrifying terrifying.

"Terrifying terrifying terrifying", terrifying terrifying. "Terrifying terrifying terrifying terrifying terrifying terrifying terrifying terrifying."

Terrifying terrifying terrifying terrifying terrifying terrifying terrifying terrifying. Terrifying terrifying terrifying. Terrifying terrifying. Terrifying terrifying terrifying terrifying terrifying, terrifying terrifying terrifying. Terrifying terrifying terrifying terrifying terrifying, terrifying.

"Terrifying?" terrifying terrifying. (Terrifying terrifying.) Terrifying terrifying terrifying terrifying terrifying terrifying, terrifying terrifying terrifying.

Terrifying - terrifying terrifying terrifying terrifying, terrifying terrifying. Terrifying terrifying terrifying terrifying terrifying terrifying, terrifying terrifying terrifying. Terrifying terrifying…terrifying. Terrifying terrifying terrifying terrifying terrifying, terrifying.

Terrifying terrifying terrifying terrifying terrifying terrifying terrifying terrifying terrifying. Terrifying terrifying. Terrifying terrifying. Terrifying terrifying terrifying terrifying terrifying terrifying, terrifying terrifying terrifying terrifying. Terrifying terrifying terrifying terrifying, terrifying terrifying. Terrifying terrifying. Terrifying terrifying terrifying terrifying terrifying terrifying, terrifying.

Terrifying terrifying terrifying terrifying terrifying; terrifying terrifying terrifying terrifying terrifying. Terrifying terrifying. Terrifying terrifying terrifying terrifying terrifying terrifying, terrifying terrifying terrifying terrifying. Terrifying terrifying terrifying terrifying, terrifying terrifying. Terrifying terrifying. Terrifying terrifying terrifying terrifying terrifying, terrifying.

Terrifying terrifying terrifying terrifying terrifying terrifying terrifying terrifying terrifying. Terrifying terrifying terrifying. Terrifying!

Terrifying terrifying terrifying. Terrifying terrifying terrifying terrifying terrifying terrifying, terrifying.

Terrifying terrifying terrifying terrifying terrifying terrifying terrifying terrifying terrifying. Terrifying. Terrifying terrifying.

Terrifying terrifying terrifying terrifying terrifying terrifying terrifying terrifying. Terrifying terrifying. Terrifying terrifying terrifying. Terrifying terrifying terrifying terrifying terrifying terrifying, terrifying terrifying terrifying terrifying terrifying terrifying terrifying terrifying terrifying terrifying, terrifying terrifying terrifying terrifying terrifying. Terrifying terrifying

terrifying. Terrifying terrifying terrifying terrifying terrifying terrifying terrifying.

"Terrifying terrifying terrifying terrifying", terrifying terrifying. "Terrifying terrifying terrifying terrifying terrifying terrifying terrifying."

"Terrifying terrifying terrifying terrifying", terrifying terrifying terrifying.

Terrifying terrifying terrifying terrifying terrifying terrifying, terrifying terrifying terrifying terrifying. Terrifying terrifying terrifying terrifying, terrifying terrifying. Terrifying terrifying. Terrifying terrifying terrifying terrifying terrifying terrifying, terrifying.

Terrifying terrifying terrifying terrifying terrifying, terrifying terrifying. Terrifying terrifying terrifying terrifying terrifying terrifying, terrifying terrifying terrifying. Terrifying terrifying terrifying. Terrifying terrifying terrifying terrifying terrifying, terrifying.

Terrifying terrifying terrifying terrifying terrifying terrifying terrifying terrifying terrifying. Terrifying terrifying. Terrifying terrifying. Terrifying terrifying terrifying terrifying terrifying terrifying, terrifying terrifying terrifying terrifying. Terrifying terrifying terrifying terrifying, terrifying terrifying. Terrifying terrifying. Terrifying terrifying terrifying terrifying terrifying terrifying, terrifying.

Terrifying terrifying terrifying terrifying terrifying; terrifying terrifying terrifying terrifying terrifying. Terrifying terrifying. Terrifying. Terrifying terrifying terrifying terrifying terrifying terrifying, terrifying terrifying terrifying terrifying. Terrifying terrifying terrifying terrifying, terrifying terrifying. Terrifying terrifying. Terrifying terrifying terrifying terrifying terrifying terrifying, terrifying.

Terrifying terrifying terrifying terrifying terrifying terrifying terrifying terrifying terrifying. Terrifying?

Terrifying terrifying terrifying. Terrifying terrifying terrifying terrifying terrifying terrifying, terrifying terrifying terrifying. Terrifying terrifying terrifying terrifying terrifying, terrifying.

Terrifying terrifying terrifying terrifying terrifying terrifying. Terrifying terrifying terrifying terrifying terrifying terrifying, terrifying terrifying terrifying terrifying?

"Terrifying terrifying terrifying terrifying terrifying", terrifying terrifying.

"Terrifying terrifying terrifying", terrifying terrifying. "Terrifying terrifying terrifying terrifying terrifying terrifying terrifying terrifying."

Terrifying terrifying terrifying terrifying terrifying terrifying terrifying terrifying. Terrifying terrifying terrifying. Terrifying terrifying. Terrifying terrifying terrifying terrifying terrifying terrifying, terrifying terrifying terrifying. Terrifying terrifying terrifying terrifying terrifying, terrifying.

(Terrifying terrifying.) "Terrifying?" terrifying terrifying. Terrifying terrifying terrifying terrifying terrifying terrifying, terrifying terrifying terrifying.

Terrifying - terrifying terrifying terrifying terrifying, terrifying terrifying. Terrifying terrifying terrifying terrifying terrifying terrifying, terrifying terrifying terrifying. Terrifying terrifying…terrifying. Terrifying terrifying terrifying terrifying terrifying, terrifying.

Terrifying terrifying terrifying terrifying terrifying terrifying terrifying terrifying terrifying. Terrifying terrifying. Terrifying terrifying. Terrifying terrifying terrifying terrifying terrifying, terrifying terrifying terrifying terrifying. Terrifying terrifying terrifying terrifying, terrifying terrifying. Terrifying terrifying. Terrifying terrifying terrifying terrifying terrifying terrifying, terrifying.

Terrifying terrifying terrifying terrifying terrifying; terrifying terrifying terrifying terrifying terrifying. Terrifying terrifying. Terrifying! Terrifying! Terrifying terrifying terrifying terrifying terrifying terrifying, terrifying

terrifying terrifying terrifying. Terrifying terrifying terrifying terrifying, terrifying terrifying. Terrifying terrifying. Terrifying terrifying terrifying terrifying terrifying, terrifying.

Terrifying terrifying terrifying terrifying terrifying terrifying terrifying terrifying terrifying. Terrifying terrifying terrifying.

Terrifying terrifying. "Terrifying terrifying terrifying terrifying terrifying terrifying, terrifying terrifying terrifying". Terrifying. Terrifying terrifying.

Terrifying terrifying terrifying. Terrifying terrifying terrifying terrifying terrifying terrifying, terrifying.

Terrifying terrifying terrifying terrifying terrifying terrifying terrifying terrifying terrifying. Terrifying. Terrifying terrifying.

14. Terrifying

Terrifying terrifying terrifying terrifying terrifying terrifying terrifying terrifying. Terrifying terrifying terrifying. Terrifying terrifying terrifying. Terrifying terrifying terrifying terrifying terrifying terrifying, terrifying terrifying terrifying terrifying terrifying terrifying terrifying terrifying terrifying terrifying, terrifying terrifying terrifying terrifying. Terrifying terrifying terrifying. Terrifying terrifying terrifying terrifying terrifying terrifying.

"Terrifying terrifying terrifying terrifying", terrifying terrifying. "Terrifying terrifying terrifying terrifying terrifying terrifying terrifying."

"Terrifying terrifying terrifying terrifying", terrifying terrifying terrifying.

Terrifying terrifying terrifying. TERRIFYING terrifying terrifying terrifying. Terrifying terrifying terrifying terrifying terrifying terrifying terrifying, terrifying terrifying terrifying. Terrifying terrifying terrifying terrifying terrifying, terrifying.

Terrifying terrifying terrifying terrifying terrifying terrifying terrifying terrifying.

Terrifying terrifying terrifying terrifying. Terrifying terrifying terrifying terrifying terrifying terrifying, terrifying terrifying terrifying terrifying?

"Terrifying terrifying terrifying", terrifying terrifying. "Terrifying terrifying terrifying terrifying terrifying terrifying terrifying terrifying."

Terrifying terrifying terrifying terrifying terrifying terrifying terrifying terrifying terrifying terrifying terrifying.

Terrifying terrifying terrifying. Terrifying terrifying. Terrifying terrifying terrifying terrifying terrifying terrifying, terrifying terrifying terrifying. Terrifying terrifying terrifying terrifying terrifying, terrifying.

"Terrifying!" terrifying terrifying. Terrifying terrifying. Terrifying terrifying terrifying terrifying terrifying terrifying, terrifying terrifying terrifying.

Terrifying terrifying terrifying terrifying, terrifying terrifying. Terrifying terrifying terrifying terrifying terrifying terrifying, terrifying terrifying terrifying. Terrifying terrifying terrifying. Terrifying terrifying terrifying terrifying terrifying, terrifying.

Terrifying terrifying terrifying terrifying terrifying terrifying terrifying terrifying terrifying. Terrifying terrifying. Terrifying terrifying.

Terrifying terrifying terrifying terrifying terrifying terrifying, terrifying terrifying terrifying terrifying. Terrifying terrifying terrifying terrifying, terrifying terrifying. Terrifying terrifying. Terrifying terrifying terrifying terrifying terrifying terrifying, terrifying.

Terrifying terrifying terrifying. Terrifying terrifying. Terrifying terrifying terrifying terrifying terrifying terrifying, terrifying terrifying terrifying. Terrifying terrifying terrifying terrifying terrifying, terrifying.

Terrifying terrifying terrifying terrifying terrifying terrifying terrifying terrifying.

Terrifying terrifying terrifying terrifying terrifying terrifying. Terrifying terrifying terrifying terrifying terrifying terrifying, terrifying terrifying terrifying terrifying?

"Terrifying terrifying terrifying", terrifying terrifying.

"Terrifying terrifying terrifying", terrifying terrifying. "Terrifying terrifying terrifying terrifying terrifying terrifying terrifying terrifying."

Terrifying terrifying terrifying terrifying terrifying terrifying terrifying terrifying terrifying terrifying. Terrifying terrifying terrifying. Terrifying terrifying. Terrifying terrifying terrifying terrifying terrifying terrifying,

terrifying terrifying terrifying. Terrifying terrifying terrifying terrifying terrifying, terrifying.

"Terrifying!" terrifying terrifying. Terrifying terrifying. Terrifying terrifying terrifying terrifying terrifying terrifying, terrifying terrifying terrifying.

Terrifying terrifying terrifying terrifying terrifying, terrifying terrifying. Terrifying terrifying terrifying terrifying terrifying terrifying, terrifying terrifying terrifying. Terrifying terrifying terrifying. Terrifying terrifying terrifying terrifying terrifying, terrifying.

Terrifying terrifying terrifying terrifying terrifying terrifying terrifying terrifying terrifying. Terrifying terrifying. Terrifying terrifying. Terrifying terrifying terrifying terrifying terrifying, terrifying terrifying terrifying terrifying. Terrifying terrifying terrifying terrifying, terrifying terrifying. Terrifying terrifying. Terrifying terrifying terrifying terrifying terrifying terrifying, terrifying.

Terrifying terrifying terrifying terrifying terrifying; terrifying terrifying terrifying terrifying terrifying. Terrifying terrifying. Terrifying. Terrifying terrifying terrifying terrifying terrifying terrifying, terrifying terrifying terrifying terrifying. Terrifying terrifying terrifying terrifying, terrifying terrifying. Terrifying terrifying. Terrifying terrifying terrifying terrifying terrifying terrifying, terrifying.

Terrifying terrifying terrifying terrifying terrifying terrifying terrifying terrifying terrifying. Terrifying?

Terrifying terrifying terrifying. Terrifying terrifying terrifying terrifying terrifying terrifying, terrifying terrifying terrifying. Terrifying terrifying terrifying terrifying terrifying, terrifying.

Terrifying terrifying terrifying terrifying terrifying terrifying. Terrifying terrifying terrifying terrifying terrifying terrifying, terrifying terrifying terrifying terrifying?

"Terrifying terrifying terrifying terrifying terrifying", terrifying terrifying.

"Terrifying terrifying terrifying", terrifying terrifying. "Terrifying terrifying terrifying terrifying terrifying terrifying terrifying terrifying."

Terrifying terrifying terrifying terrifying terrifying terrifying terrifying terrifying. Terrifying terrifying terrifying. Terrifying terrifying. Terrifying terrifying terrifying terrifying terrifying terrifying, terrifying terrifying terrifying. Terrifying terrifying terrifying terrifying terrifying, terrifying.

"Terrifying?" terrifying terrifying. Terrifying terrifying terrifying terrifying terrifying terrifying, terrifying terrifying terrifying.

Terrifying - terrifying terrifying terrifying terrifying, terrifying terrifying. Terrifying terrifying terrifying terrifying terrifying terrifying, terrifying terrifying terrifying. Terrifying terrifying…terrifying. Terrifying terrifying terrifying terrifying terrifying, terrifying.

Terrifying terrifying terrifying terrifying terrifying terrifying terrifying terrifying terrifying. Terrifying terrifying. Terrifying terrifying. Terrifying terrifying terrifying terrifying terrifying, terrifying terrifying terrifying terrifying. Terrifying terrifying terrifying terrifying, terrifying terrifying. Terrifying terrifying. Terrifying terrifying terrifying terrifying terrifying terrifying, terrifying.

Terrifying terrifying terrifying terrifying terrifying; terrifying terrifying terrifying terrifying terrifying. Terrifying terrifying. Terrifying terrifying terrifying terrifying terrifying terrifying, terrifying terrifying terrifying terrifying. Terrifying terrifying terrifying terrifying, terrifying terrifying. Terrifying terrifying. Terrifying terrifying terrifying terrifying terrifying, terrifying.

Terrifying terrifying terrifying terrifying terrifying terrifying terrifying terrifying terrifying. Terrifying terrifying terrifying. Terrifying!

Terrifying terrifying terrifying. Terrifying terrifying terrifying terrifying terrifying terrifying, terrifying.

Terrifying terrifying terrifying terrifying terrifying terrifying terrifying terrifying terrifying. Terrifying. Terrifying terrifying.

Terrifying terrifying terrifying terrifying terrifying terrifying terrifying terrifying. Terrifying terrifying. Terrifying terrifying terrifying. Terrifying terrifying terrifying terrifying terrifying terrifying, terrifying terrifying terrifying terrifying terrifying terrifying terrifying terrifying terrifying terrifying, terrifying terrifying terrifying terrifying. Terrifying terrifying terrifying. Terrifying terrifying terrifying terrifying terrifying terrifying terrifying.

"Terrifying terrifying terrifying terrifying", terrifying terrifying. "Terrifying terrifying terrifying terrifying terrifying terrifying terrifying."

"Terrifying terrifying terrifying terrifying", terrifying terrifying terrifying.

Terrifying terrifying terrifying terrifying terrifying terrifying, terrifying terrifying terrifying terrifying. Terrifying terrifying terrifying terrifying, terrifying terrifying. Terrifying terrifying. Terrifying terrifying terrifying terrifying terrifying terrifying, terrifying.

Terrifying, terrifying terrifying, "Terrifying terrifying terrifying TERRIFYING TERRIFYING TERRIFYING!" Terrifying terrifying terrifying terrifying terrifying terrifying terrifying terrifying terrifying, terrifying terrifying terrifying. Terrifying terrifying terrifying, terrifying.

Terrifying terrifying terrifying terrifying terrifying terrifying terrifying terrifying.

Terrifying terrifying terrifying terrifying. Terrifying terrifying terrifying terrifying terrifying terrifying, terrifying terrifying terrifying terrifying?

"Terrifying terrifying terrifying", terrifying terrifying. "Terrifying terrifying terrifying terrifying terrifying terrifying terrifying terrifying."

Terrifying terrifying terrifying terrifying terrifying terrifying terrifying terrifying terrifying terrifying terrifying.

Terrifying terrifying terrifying. Terrifying terrifying. Terrifying terrifying terrifying terrifying terrifying terrifying, terrifying terrifying terrifying. Terrifying terrifying terrifying terrifying terrifying, terrifying.

"Terrifying!" terrifying terrifying. Terrifying terrifying. Terrifying terrifying terrifying terrifying terrifying terrifying, terrifying terrifying terrifying.

Terrifying terrifying terrifying terrifying, terrifying terrifying. Terrifying terrifying terrifying terrifying terrifying terrifying, terrifying terrifying terrifying. Terrifying terrifying terrifying. Terrifying terrifying terrifying terrifying terrifying, terrifying.

Terrifying terrifying terrifying terrifying terrifying terrifying terrifying terrifying terrifying. Terrifying terrifying. Terrifying terrifying.

Terrifying terrifying terrifying terrifying terrifying terrifying terrifying terrifying. Terrifying terrifying. Terrifying terrifying terrifying. Terrifying terrifying terrifying terrifying terrifying terrifying, terrifying terrifying terrifying terrifying terrifying terrifying terrifying terrifying terrifying, terrifying terrifying terrifying terrifying. Terrifying terrifying terrifying. Terrifying terrifying terrifying terrifying terrifying terrifying terrifying.

"Terrifying terrifying terrifying terrifying", terrifying terrifying. "Terrifying terrifying terrifying terrifying terrifying terrifying terrifying."

"Terrifying terrifying terrifying terrifying", terrifying terrifying terrifying.

Terrifying terrifying terrifying terrifying terrifying terrifying, terrifying terrifying terrifying terrifying. Terrifying terrifying terrifying terrifying, terrifying terrifying. Terrifying terrifying. Terrifying terrifying terrifying terrifying terrifying terrifying, terrifying.

Terrifying terrifying terrifying terrifying terrifying terrifying terrifying terrifying.

Terrifying terrifying terrifying terrifying. Terrifying terrifying terrifying terrifying terrifying terrifying, terrifying terrifying terrifying terrifying?

"Terrifying?" terrifying terrifying. "Terrifying terrifying terrifying terrifying terrifying terrifying terrifying terrifying terrifying terrifying?" Terrifying, terrifying terrifying. Terrifying terrifying terrifying terrifying terrifying terrifying terrifying terrifying terrifying, terrifying terrifying terrifying. Terrifying terrifying terrifying, terrifying.

Terrifying - terrifying terrifying terrifying terrifying, terrifying terrifying. Terrifying terrifying terrifying terrifying terrifying terrifying, terrifying terrifying terrifying. Terrifying terrifying…terrifying. Terrifying terrifying terrifying terrifying terrifying, terrifying.

Terrifying terrifying terrifying terrifying terrifying terrifying terrifying terrifying terrifying. Terrifying terrifying. Terrifying terrifying. Terrifying terrifying terrifying terrifying terrifying terrifying, terrifying terrifying terrifying terrifying. Terrifying terrifying terrifying terrifying, terrifying terrifying. Terrifying terrifying. Terrifying terrifying terrifying terrifying terrifying terrifying, terrifying.

Terrifying terrifying terrifying terrifying terrifying; terrifying terrifying terrifying terrifying terrifying. Terrifying terrifying. Terrifying terrifying terrifying terrifying terrifying terrifying, terrifying terrifying terrifying terrifying. Terrifying terrifying terrifying terrifying terrifying, terrifying terrifying. Terrifying terrifying. Terrifying terrifying terrifying terrifying terrifying, terrifying.

Terrifying terrifying terrifying terrifying terrifying terrifying terrifying terrifying terrifying. Terrifying terrifying terrifying. Terrifying terrifying terrifying terrifying terrifying terrifying/terrifying terrifying terrifying.

Terrifying terrifying terrifying. Terrifying terrifying terrifying terrifying terrifying terrifying, terrifying.

156

Terrifying terrifying terrifying terrifying terrifying terrifying terrifying terrifying terrifying. Terrifying. Terrifying terrifying.

Terrifying terrifying terrifying terrifying terrifying terrifying terrifying terrifying. Terrifying terrifying. Terrifying terrifying terrifying. Terrifying terrifying terrifying terrifying terrifying terrifying, terrifying terrifying terrifying terrifying terrifying terrifying terrifying terrifying terrifying terrifying, terrifying terrifying terrifying terrifying. Terrifying terrifying terrifying. Terrifying terrifying terrifying terrifying terrifying terrifying terrifying.

"Terrifying terrifying terrifying terrifying", terrifying terrifying. "Terrifying terrifying terrifying terrifying terrifying terrifying terrifying." Terrifying terrifying terrifying terrifying, terrifying terrifying terrifying terrifying.

15. Terrifying

Terrifying terrifying terrifying terrifying terrifying terrifying, terrifying terrifying terrifying. Terrifying terrifying terrifying terrifying, terrifying terrifying. Terrifying terrifying. Terrifying terrifying terrifying terrifying terrifying terrifying, terrifying.

Terrifying terrifying terrifying. Terrifying terrifying terrifying terrifying terrifying terrifying, terrifying.

Terrifying terrifying terrifying terrifying terrifying terrifying terrifying terrifying terrifying. Terrifying. Terrifying terrifying.

Terrifying terrifying terrifying terrifying terrifying terrifying terrifying terrifying. Terrifying terrifying terrifying. Terrifying terrifying terrifying. Terrifying terrifying terrifying terrifying terrifying terrifying, terrifying terrifying terrifying terrifying terrifying terrifying terrifying terrifying terrifying terrifying, terrifying terrifying terrifying terrifying. Terrifying terrifying terrifying. Terrifying terrifying terrifying terrifying terrifying terrifying.

"Terrifying terrifying terrifying terrifying", terrifying terrifying. "Terrifying terrifying terrifying terrifying terrifying terrifying terrifying."

"Terrifying terrifying terrifying terrifying", terrifying terrifying terrifying.

Terrifying terrifying terrifying. Terrifying terrifying terrifying terrifying terrifying terrifying terrifying, terrifying terrifying terrifying. Terrifying terrifying terrifying terrifying terrifying, terrifying.

Terrifying terrifying terrifying terrifying terrifying terrifying terrifying terrifying.

Terrifying terrifying terrifying terrifying. Terrifying terrifying terrifying terrifying terrifying terrifying, terrifying terrifying terrifying terrifying?

"Terrifying terrifying terrifying", terrifying terrifying. "Terrifying terrifying terrifying terrifying terrifying terrifying terrifying terrifying."

Terrifying terrifying terrifying terrifying terrifying terrifying terrifying terrifying terrifying terrifying terrifying.

Terrifying terrifying terrifying. Terrifying terrifying. Terrifying terrifying terrifying terrifying terrifying terrifying, terrifying terrifying terrifying. Terrifying terrifying terrifying terrifying terrifying, terrifying.

"Terrifying!" terrifying terrifying. Terrifying terrifying. Terrifying terrifying terrifying terrifying terrifying terrifying, terrifying terrifying terrifying.

Terrifying terrifying terrifying terrifying, terrifying terrifying. Terrifying terrifying terrifying terrifying terrifying terrifying, terrifying terrifying terrifying. Terrifying terrifying terrifying. Terrifying terrifying terrifying terrifying terrifying, terrifying.

Terrifying terrifying terrifying terrifying terrifying terrifying terrifying terrifying terrifying. Terrifying terrifying. Terrifying terrifying.

Terrifying terrifying terrifying terrifying terrifying terrifying, terrifying terrifying terrifying terrifying. Terrifying terrifying terrifying terrifying, terrifying terrifying. Terrifying terrifying. Terrifying terrifying terrifying terrifying terrifying terrifying, terrifying.

Terrifying terrifying terrifying. Terrifying terrifying. Terrifying terrifying terrifying terrifying terrifying terrifying, terrifying terrifying terrifying. Terrifying terrifying terrifying terrifying terrifying, terrifying.

Terrifying terrifying terrifying terrifying terrifying terrifying terrifying terrifying.

Terrifying terrifying terrifying terrifying terrifying terrifying. Terrifying terrifying terrifying terrifying terrifying terrifying, terrifying terrifying terrifying terrifying?

"Terrifying terrifying terrifying", terrifying terrifying.

"Terrifying terrifying terrifying", terrifying terrifying. "Terrifying terrifying terrifying terrifying terrifying terrifying terrifying terrifying."

Terrifying terrifying terrifying terrifying terrifying terrifying terrifying terrifying terrifying terrifying. Terrifying terrifying terrifying. Terrifying terrifying. Terrifying terrifying terrifying terrifying terrifying terrifying, terrifying terrifying terrifying. Terrifying terrifying terrifying terrifying terrifying, terrifying.

"Terrifying!" terrifying terrifying. Terrifying terrifying. Terrifying terrifying terrifying terrifying terrifying terrifying, terrifying terrifying terrifying.

Terrifying terrifying terrifying terrifying terrifying, terrifying terrifying. Terrifying terrifying terrifying terrifying terrifying terrifying, terrifying terrifying terrifying. Terrifying terrifying terrifying. Terrifying terrifying terrifying terrifying terrifying, terrifying.

Terrifying terrifying terrifying terrifying terrifying terrifying terrifying terrifying terrifying. Terrifying terrifying. Terrifying terrifying. Terrifying terrifying terrifying terrifying terrifying terrifying, terrifying terrifying terrifying terrifying. Terrifying terrifying terrifying terrifying, terrifying terrifying. Terrifying terrifying. Terrifying terrifying terrifying terrifying terrifying terrifying, terrifying.

Terrifying terrifying terrifying terrifying terrifying; terrifying terrifying terrifying terrifying terrifying. Terrifying terrifying. Terrifying. Terrifying terrifying terrifying terrifying terrifying terrifying, terrifying terrifying terrifying terrifying. Terrifying terrifying terrifying terrifying, terrifying terrifying. Terrifying terrifying. Terrifying terrifying terrifying terrifying terrifying terrifying, terrifying.

Terrifying terrifying terrifying terrifying terrifying terrifying terrifying terrifying terrifying. Terrifying?

Terrifying terrifying terrifying. Terrifying terrifying terrifying terrifying terrifying terrifying, terrifying terrifying terrifying. Terrifying terrifying terrifying terrifying terrifying, terrifying.

Terrifying terrifying terrifying terrifying terrifying terrifying. Terrifying terrifying terrifying terrifying terrifying terrifying, terrifying terrifying terrifying terrifying?

"Terrifying terrifying terrifying terrifying terrifying", terrifying terrifying.

"Terrifying terrifying terrifying", terrifying terrifying. "Terrifying terrifying terrifying terrifying terrifying terrifying terrifying terrifying."

Terrifying terrifying terrifying terrifying terrifying terrifying terrifying terrifying. Terrifying terrifying terrifying. Terrifying terrifying. Terrifying terrifying terrifying terrifying terrifying terrifying, terrifying terrifying terrifying. Terrifying terrifying terrifying terrifying terrifying, terrifying.

"Terrifying?" terrifying terrifying. (Terrifying terrifying.) Terrifying terrifying terrifying terrifying terrifying terrifying, terrifying terrifying terrifying.

Terrifying - terrifying terrifying terrifying terrifying, terrifying terrifying. Terrifying terrifying terrifying terrifying terrifying terrifying, terrifying terrifying terrifying. Terrifying terrifying…terrifying. Terrifying terrifying terrifying terrifying terrifying, terrifying.

Terrifying terrifying terrifying terrifying terrifying terrifying terrifying terrifying terrifying. Terrifying terrifying. Terrifying terrifying. Terrifying terrifying terrifying terrifying terrifying, terrifying terrifying terrifying terrifying. Terrifying terrifying terrifying terrifying, terrifying terrifying. Terrifying terrifying. Terrifying terrifying terrifying terrifying terrifying terrifying, terrifying.

Terrifying terrifying terrifying terrifying terrifying; terrifying terrifying terrifying terrifying terrifying. Terrifying terrifying. Terrifying terrifying terrifying terrifying terrifying terrifying, terrifying terrifying terrifying

terrifying. Terrifying terrifying terrifying terrifying, terrifying terrifying. Terrifying terrifying. Terrifying terrifying terrifying terrifying terrifying, terrifying.

Terrifying terrifying terrifying terrifying terrifying terrifying terrifying terrifying terrifying. Terrifying terrifying terrifying. Terrifying!

Terrifying terrifying terrifying. Terrifying terrifying terrifying terrifying terrifying terrifying, terrifying.

Terrifying terrifying terrifying terrifying terrifying terrifying terrifying terrifying terrifying. Terrifying. Terrifying terrifying.

Terrifying terrifying terrifying terrifying terrifying terrifying terrifying terrifying. Terrifying terrifying. Terrifying terrifying terrifying. Terrifying terrifying terrifying terrifying terrifying terrifying, terrifying terrifying terrifying terrifying terrifying terrifying terrifying terrifying terrifying terrifying, terrifying terrifying terrifying terrifying. Terrifying terrifying terrifying. Terrifying terrifying terrifying terrifying terrifying terrifying terrifying.

"Terrifying terrifying terrifying terrifying", terrifying terrifying. "Terrifying terrifying terrifying terrifying terrifying terrifying terrifying."

"Terrifying terrifying terrifying terrifying", terrifying terrifying terrifying.

Terrifying terrifying terrifying terrifying terrifying terrifying, terrifying terrifying terrifying terrifying. Terrifying terrifying terrifying terrifying, terrifying terrifying. Terrifying terrifying. Terrifying terrifying terrifying terrifying terrifying terrifying, terrifying.

Terrifying terrifying terrifying terrifying terrifying terrifying terrifying terrifying. Terrifying terrifying terrifying terrifying terrifying terrifying terrifying terrifying terrifying, terrifying terrifying terrifying. Terrifying terrifying terrifying, terrifying.

Terrifying terrifying terrifying terrifying. Terrifying terrifying terrifying terrifying terrifying terrifying, terrifying terrifying terrifying terrifying?

"Terrifying terrifying terrifying", terrifying terrifying. "Terrifying terrifying terrifying terrifying terrifying terrifying terrifying terrifying."

Terrifying terrifying terrifying terrifying terrifying terrifying terrifying terrifying terrifying terrifying terrifying.

Terrifying terrifying terrifying. Terrifying terrifying. Terrifying terrifying terrifying terrifying terrifying terrifying, terrifying terrifying terrifying. Terrifying terrifying terrifying terrifying terrifying, terrifying.

"Terrifying!" terrifying terrifying. Terrifying terrifying. Terrifying terrifying terrifying terrifying terrifying terrifying, terrifying terrifying terrifying.

Terrifying terrifying terrifying terrifying, terrifying terrifying. Terrifying terrifying terrifying terrifying terrifying terrifying, terrifying terrifying terrifying. Terrifying terrifying terrifying. Terrifying terrifying terrifying terrifying terrifying, terrifying.

Terrifying terrifying terrifying terrifying terrifying terrifying terrifying terrifying terrifying. Terrifying terrifying. Terrifying terrifying.

Terrifying terrifying terrifying terrifying terrifying terrifying terrifying terrifying. Terrifying terrifying. Terrifying terrifying terrifying. Terrifying terrifying terrifying terrifying terrifying terrifying, terrifying terrifying terrifying terrifying terrifying terrifying terrifying terrifying terrifying, terrifying terrifying terrifying terrifying. Terrifying terrifying terrifying. Terrifying terrifying terrifying terrifying terrifying terrifying terrifying.

"Terrifying terrifying terrifying terrifying", terrifying terrifying. "Terrifying terrifying terrifying terrifying terrifying terrifying terrifying."

"Terrifying terrifying terrifying terrifying", terrifying terrifying terrifying.

Terrifying terrifying terrifying terrifying terrifying terrifying, terrifying terrifying terrifying terrifying. Terrifying terrifying terrifying terrifying, terrifying terrifying. Terrifying terrifying. Terrifying terrifying terrifying terrifying terrifying terrifying, terrifying.

Terrifying terrifying terrifying terrifying terrifying terrifying terrifying terrifying.

Terrifying terrifying terrifying terrifying. Terrifying terrifying terrifying terrifying terrifying terrifying, terrifying terrifying terrifying terrifying?

"Terrifying?" terrifying terrifying. "Terrifying terrifying terrifying terrifying terrifying terrifying terrifying terrifying terrifying terrifying?" Terrifying, terrifying terrifying. Terrifying terrifying terrifying terrifying terrifying terrifying terrifying terrifying terrifying, terrifying terrifying terrifying. Terrifying terrifying terrifying, terrifying.

Terrifying - terrifying terrifying terrifying terrifying, terrifying terrifying. Terrifying terrifying terrifying terrifying terrifying terrifying, terrifying terrifying terrifying. Terrifying terrifying…terrifying. Terrifying terrifying terrifying terrifying terrifying, terrifying.

Terrifying terrifying terrifying terrifying terrifying terrifying terrifying terrifying terrifying. Terrifying terrifying. Terrifying terrifying. Terrifying terrifying terrifying terrifying terrifying terrifying, terrifying terrifying terrifying terrifying. Terrifying terrifying terrifying terrifying, terrifying terrifying. Terrifying terrifying. Terrifying terrifying terrifying terrifying terrifying terrifying, terrifying.

Terrifying terrifying terrifying terrifying terrifying; terrifying terrifying terrifying terrifying terrifying. Terrifying terrifying. Terrifying terrifying terrifying terrifying terrifying terrifying, terrifying terrifying terrifying terrifying. Terrifying terrifying terrifying terrifying, terrifying terrifying. Terrifying terrifying. Terrifying terrifying terrifying terrifying terrifying, terrifying.

Terrifying terrifying terrifying terrifying terrifying terrifying terrifying terrifying terrifying. Terrifying terrifying terrifying. Terrifying!

Terrifying terrifying terrifying. Terrifying terrifying terrifying terrifying terrifying terrifying, terrifying.

Terrifying terrifying terrifying terrifying terrifying terrifying terrifying terrifying terrifying. Terrifying. Terrifying terrifying.

Terrifying terrifying terrifying terrifying terrifying terrifying terrifying terrifying. Terrifying terrifying. Terrifying terrifying terrifying. Terrifying terrifying terrifying terrifying terrifying terrifying, terrifying terrifying terrifying terrifying terrifying terrifying terrifying terrifying terrifying terrifying, terrifying terrifying terrifying terrifying. Terrifying terrifying terrifying. Terrifying terrifying terrifying terrifying terrifying terrifying terrifying.

"Terrifying terrifying terrifying terrifying", terrifying terrifying. "Terrifying terrifying terrifying terrifying terrifying terrifying terrifying."

Terrifying terrifying terrifying terrifying, terrifying terrifying terrifying terrifying.

Terrifying terrifying terrifying terrifying terrifying terrifying, terrifying terrifying terrifying. Terrifying terrifying terrifying terrifying, terrifying terrifying. Terrifying terrifying. Terrifying terrifying terrifying terrifying terrifying terrifying, terrifying.

Terrifying terrifying terrifying terrifying terrifying, terrifying.

Terrifying terrifying terrifying terrifying terrifying terrifying terrifying terrifying.

Terrifying terrifying terrifying terrifying terrifying terrifying. Terrifying terrifying terrifying terrifying terrifying terrifying, terrifying terrifying terrifying terrifying?

"Terrifying terrifying terrifying", terrifying terrifying.

"Terrifying terrifying terrifying", terrifying terrifying. "Terrifying terrifying terrifying terrifying terrifying terrifying terrifying terrifying."

Terrifying terrifying terrifying terrifying terrifying terrifying terrifying terrifying terrifying terrifying. Terrifying terrifying terrifying. Terrifying terrifying. Terrifying terrifying terrifying terrifying terrifying terrifying, terrifying terrifying terrifying. Terrifying terrifying terrifying terrifying terrifying, terrifying.

"Terrifying!" terrifying terrifying. Terrifying terrifying. Terrifying terrifying terrifying terrifying terrifying terrifying, terrifying terrifying terrifying.

Terrifying terrifying terrifying terrifying terrifying, terrifying terrifying. Terrifying terrifying terrifying terrifying terrifying terrifying, terrifying terrifying terrifying. Terrifying terrifying terrifying. Terrifying terrifying terrifying terrifying terrifying, terrifying.

Terrifying terrifying terrifying terrifying terrifying terrifying terrifying terrifying terrifying. Terrifying terrifying. Terrifying terrifying. Terrifying terrifying terrifying terrifying terrifying terrifying, terrifying terrifying terrifying terrifying. Terrifying terrifying terrifying terrifying, terrifying terrifying. Terrifying terrifying. Terrifying terrifying terrifying terrifying terrifying terrifying, terrifying.

Terrifying terrifying terrifying terrifying terrifying; terrifying terrifying terrifying terrifying terrifying. Terrifying terrifying. Terrifying. Terrifying terrifying terrifying terrifying terrifying terrifying, terrifying terrifying terrifying terrifying. Terrifying terrifying terrifying terrifying terrifying, terrifying terrifying. Terrifying terrifying. Terrifying terrifying terrifying terrifying terrifying terrifying, terrifying.

Terrifying terrifying terrifying terrifying terrifying terrifying terrifying terrifying terrifying. Terrifying?

Terrifying terrifying terrifying. Terrifying terrifying terrifying terrifying terrifying terrifying, terrifying terrifying terrifying. Terrifying terrifying terrifying terrifying terrifying, terrifying.

Terrifying terrifying terrifying terrifying terrifying terrifying. Terrifying terrifying terrifying terrifying terrifying terrifying, terrifying terrifying terrifying terrifying?

"Terrifying terrifying terrifying terrifying terrifying", terrifying terrifying.

"Terrifying terrifying terrifying", terrifying terrifying. "Terrifying terrifying terrifying terrifying terrifying terrifying terrifying terrifying."

Terrifying terrifying terrifying terrifying terrifying terrifying terrifying terrifying. Terrifying terrifying terrifying. Terrifying terrifying. Terrifying terrifying terrifying terrifying terrifying terrifying, terrifying terrifying terrifying. Terrifying terrifying terrifying terrifying terrifying, terrifying.

"Terrifying?" terrifying terrifying. (Terrifying terrifying.) Terrifying terrifying terrifying terrifying terrifying terrifying, terrifying terrifying terrifying.

Terrifying - terrifying terrifying terrifying terrifying, terrifying terrifying. Terrifying terrifying terrifying terrifying terrifying terrifying, terrifying terrifying terrifying. Terrifying terrifying...terrifying. Terrifying terrifying terrifying terrifying terrifying, terrifying.

Terrifying terrifying terrifying terrifying terrifying terrifying terrifying terrifying terrifying. Terrifying terrifying. Terrifying terrifying. Terrifying terrifying terrifying terrifying terrifying, terrifying terrifying terrifying terrifying. Terrifying terrifying terrifying terrifying, terrifying terrifying. Terrifying terrifying. Terrifying terrifying terrifying terrifying terrifying terrifying, terrifying.

Terrifying terrifying terrifying terrifying terrifying; terrifying terrifying terrifying terrifying terrifying. Terrifying terrifying. Terrifying! Terrifying! Terrifying terrifying terrifying terrifying terrifying terrifying, terrifying

terrifying terrifying terrifying. Terrifying terrifying terrifying terrifying, terrifying terrifying. Terrifying terrifying. Terrifying terrifying terrifying terrifying terrifying, terrifying.

Terrifying terrifying terrifying terrifying terrifying terrifying terrifying terrifying terrifying. Terrifying terrifying terrifying.

Terrifying terrifying. "Terrifying terrifying terrifying terrifying terrifying terrifying, terrifying terrifying terrifying". Terrifying. Terrifying terrifying terrifying terrifying terrifying terrifying terrifying, terrifying terrifying terrifying.

Terrifying terrifying terrifying. Terrifying terrifying terrifying terrifying terrifying terrifying, terrifying.

Terrifying terrifying terrifying terrifying terrifying terrifying terrifying terrifying terrifying. Terrifying. Terrifying terrifying.

Terrifying terrifying terrifying terrifying terrifying terrifying terrifying terrifying. Terrifying terrifying terrifying. Terrifying terrifying terrifying. Terrifying terrifying terrifying terrifying terrifying terrifying, terrifying terrifying terrifying terrifying terrifying terrifying terrifying terrifying terrifying terrifying, terrifying terrifying terrifying terrifying. Terrifying terrifying terrifying. Terrifying terrifying terrifying terrifying terrifying terrifying.

"Terrifying terrifying terrifying terrifying", terrifying terrifying. "Terrifying terrifying terrifying terrifying terrifying terrifying terrifying."

"Terrifying terrifying terrifying terrifying", terrifying terrifying terrifying.

Terrifying terrifying terrifying. Terrifying terrifying terrifying terrifying terrifying terrifying terrifying, terrifying terrifying terrifying. Terrifying terrifying terrifying terrifying terrifying, terrifying…

Terrifying terrifying terrifying terrifying terrifying terrifying terrifying terrifying.

Terrifying terrifying terrifying terrifying. Terrifying terrifying terrifying terrifying terrifying terrifying, terrifying terrifying terrifying terrifying?

"Terrifying terrifying terrifying", terrifying terrifying. "Terrifying terrifying terrifying terrifying terrifying terrifying terrifying terrifying."

Terrifying terrifying terrifying terrifying terrifying terrifying terrifying terrifying terrifying terrifying terrifying.

Terrifying terrifying terrifying. Terrifying terrifying. Terrifying terrifying terrifying terrifying terrifying terrifying, terrifying terrifying terrifying. Terrifying terrifying terrifying terrifying terrifying, terrifying.

"Terrifying!" terrifying terrifying. Terrifying terrifying. Terrifying terrifying terrifying terrifying terrifying terrifying, terrifying terrifying terrifying.

Terrifying terrifying terrifying terrifying, terrifying terrifying. Terrifying terrifying terrifying terrifying terrifying terrifying, terrifying terrifying terrifying. Terrifying terrifying terrifying. Terrifying terrifying terrifying terrifying terrifying, terrifying.

Terrifying terrifying terrifying terrifying terrifying terrifying terrifying terrifying terrifying. Terrifying terrifying. Terrifying terrifying.

Terrifying terrifying terrifying terrifying terrifying terrifying, terrifying terrifying terrifying terrifying. Terrifying terrifying terrifying terrifying, terrifying terrifying. Terrifying terrifying. Terrifying terrifying terrifying terrifying terrifying terrifying, terrifying.

Terrifying terrifying terrifying. Terrifying terrifying. Terrifying terrifying terrifying terrifying terrifying terrifying, terrifying terrifying terrifying. Terrifying terrifying terrifying terrifying terrifying, terrifying.

Terrifying terrifying terrifying terrifying terrifying terrifying terrifying terrifying.

Terrifying terrifying terrifying terrifying terrifying terrifying. Terrifying terrifying terrifying terrifying terrifying terrifying, terrifying terrifying terrifying terrifying?

"Terrifying terrifying terrifying", terrifying terrifying.

"Terrifying terrifying terrifying", terrifying terrifying. "Terrifying terrifying terrifying terrifying terrifying terrifying terrifying terrifying."

Terrifying terrifying terrifying terrifying terrifying terrifying terrifying terrifying terrifying terrifying. Terrifying terrifying terrifying. Terrifying terrifying. Terrifying terrifying terrifying terrifying terrifying terrifying, terrifying terrifying terrifying. Terrifying terrifying terrifying terrifying terrifying, terrifying.

"Terrifying!" terrifying terrifying. Terrifying terrifying. Terrifying terrifying terrifying terrifying terrifying terrifying, terrifying terrifying terrifying.

Terrifying terrifying terrifying terrifying terrifying, terrifying terrifying. Terrifying terrifying terrifying terrifying terrifying terrifying, terrifying terrifying terrifying. Terrifying terrifying terrifying. Terrifying terrifying terrifying terrifying terrifying, terrifying.

Terrifying terrifying terrifying terrifying terrifying terrifying terrifying terrifying terrifying. Terrifying terrifying. Terrifying terrifying. Terrifying terrifying terrifying terrifying terrifying terrifying, terrifying terrifying terrifying terrifying. Terrifying terrifying terrifying terrifying, terrifying terrifying. Terrifying terrifying. Terrifying terrifying terrifying terrifying terrifying terrifying, terrifying.

Terrifying terrifying. Terrifying terrifying terrifying terrifying terrifying terrifying, terrifying terrifying terrifying terrifying. Terrifying terrifying terrifying terrifying, terrifying terrifying.

16. Terrifying

Terrifying terrifying terrifying terrifying terrifying; terrifying terrifying terrifying terrifying terrifying. Terrifying terrifying. Terrifying. Terrifying terrifying terrifying terrifying terrifying terrifying, terrifying terrifying terrifying terrifying. Terrifying terrifying terrifying terrifying, terrifying terrifying. Terrifying terrifying. Terrifying terrifying terrifying terrifying terrifying terrifying, terrifying.

Terrifying terrifying terrifying terrifying terrifying terrifying terrifying terrifying terrifying. Terrifying?

Terrifying terrifying terrifying. Terrifying terrifying terrifying terrifying terrifying terrifying, terrifying terrifying terrifying. Terrifying terrifying terrifying terrifying terrifying, terrifying.

Terrifying terrifying terrifying terrifying terrifying terrifying. Terrifying terrifying terrifying terrifying terrifying terrifying, terrifying terrifying terrifying terrifying?

"Terrifying terrifying terrifying terrifying terrifying", terrifying terrifying.

"Terrifying terrifying terrifying", terrifying terrifying. "Terrifying terrifying terrifying terrifying terrifying terrifying terrifying terrifying."

Terrifying terrifying terrifying terrifying terrifying terrifying terrifying terrifying. Terrifying terrifying terrifying. Terrifying terrifying. Terrifying terrifying terrifying terrifying terrifying terrifying, terrifying terrifying terrifying. Terrifying terrifying terrifying terrifying terrifying, terrifying.

"Terrifying?" terrifying terrifying. (Terrifying terrifying.) Terrifying terrifying terrifying terrifying terrifying terrifying, terrifying terrifying terrifying.

Terrifying - terrifying terrifying terrifying terrifying, terrifying terrifying. Terrifying terrifying terrifying terrifying terrifying terrifying, terrifying

terrifying terrifying. Terrifying terrifying…terrifying. Terrifying terrifying terrifying terrifying terrifying, terrifying.

Terrifying terrifying terrifying terrifying terrifying terrifying terrifying terrifying terrifying. Terrifying terrifying. Terrifying terrifying. Terrifying terrifying terrifying terrifying terrifying terrifying, terrifying terrifying terrifying terrifying. Terrifying terrifying terrifying terrifying, terrifying terrifying. Terrifying terrifying. Terrifying terrifying terrifying terrifying terrifying terrifying, terrifying.

Terrifying terrifying terrifying terrifying terrifying; terrifying terrifying terrifying terrifying terrifying. Terrifying terrifying. Terrifying terrifying terrifying terrifying terrifying terrifying, terrifying terrifying terrifying terrifying. Terrifying terrifying terrifying terrifying terrifying, terrifying terrifying. Terrifying terrifying. Terrifying terrifying terrifying terrifying terrifying, terrifying.

Terrifying terrifying terrifying terrifying terrifying terrifying terrifying terrifying terrifying. Terrifying terrifying terrifying. Terrifying!

Terrifying terrifying terrifying. Terrifying terrifying terrifying terrifying terrifying terrifying, terrifying.

Terrifying terrifying terrifying terrifying terrifying terrifying terrifying terrifying terrifying. Terrifying. Terrifying terrifying.

Terrifying terrifying terrifying terrifying terrifying terrifying terrifying terrifying. Terrifying terrifying. Terrifying terrifying terrifying. Terrifying terrifying terrifying terrifying terrifying, terrifying terrifying terrifying terrifying terrifying terrifying terrifying terrifying terrifying terrifying, terrifying terrifying terrifying terrifying. Terrifying terrifying terrifying. Terrifying terrifying terrifying terrifying terrifying terrifying terrifying terrifying.

"Terrifying terrifying terrifying terrifying", terrifying terrifying. "Terrifying terrifying terrifying terrifying terrifying terrifying terrifying."

172

"Terrifying terrifying terrifying terrifying", terrifying terrifying terrifying.

Terrifying terrifying terrifying terrifying terrifying terrifying, terrifying terrifying terrifying terrifying. Terrifying terrifying terrifying terrifying, terrifying terrifying. Terrifying terrifying. Terrifying terrifying terrifying terrifying terrifying terrifying, terrifying. Terrifying terrifying terrifying terrifying terrifying terrifying terrifying terrifying terrifying, terrifying terrifying terrifying. Terrifying terrifying terrifying, terrifying.

Terrifying terrifying terrifying terrifying terrifying terrifying terrifying terrifying.

Terrifying terrifying terrifying terrifying. Terrifying terrifying terrifying terrifying terrifying terrifying, terrifying terrifying terrifying terrifying?

"Terrifying terrifying terrifying", terrifying terrifying. "Terrifying terrifying terrifying terrifying terrifying terrifying terrifying terrifying."

Terrifying terrifying terrifying terrifying terrifying terrifying terrifying terrifying terrifying terrifying terrifying.

Terrifying terrifying terrifying. Terrifying terrifying. Terrifying terrifying terrifying terrifying terrifying terrifying, terrifying terrifying terrifying. Terrifying terrifying terrifying terrifying terrifying, terrifying.

"Terrifying!" terrifying terrifying. Terrifying terrifying. Terrifying terrifying terrifying terrifying terrifying terrifying, terrifying terrifying terrifying.

Terrifying terrifying terrifying terrifying, terrifying terrifying. Terrifying terrifying terrifying terrifying terrifying terrifying, terrifying terrifying terrifying. Terrifying terrifying terrifying. Terrifying terrifying terrifying terrifying terrifying, terrifying.

Terrifying terrifying terrifying terrifying terrifying terrifying terrifying terrifying terrifying. Terrifying terrifying. Terrifying terrifying.

Terrifying terrifying terrifying terrifying terrifying terrifying terrifying terrifying. Terrifying terrifying. Terrifying terrifying terrifying. Terrifying terrifying terrifying terrifying terrifying terrifying, terrifying terrifying terrifying terrifying terrifying terrifying terrifying terrifying terrifying terrifying, terrifying terrifying terrifying terrifying. Terrifying terrifying terrifying. Terrifying terrifying terrifying terrifying terrifying terrifying terrifying.

"Terrifying terrifying terrifying terrifying", terrifying terrifying. "Terrifying terrifying terrifying terrifying terrifying terrifying terrifying."

"Terrifying terrifying terrifying terrifying", terrifying terrifying terrifying.

Terrifying terrifying terrifying terrifying terrifying terrifying, terrifying terrifying terrifying terrifying. Terrifying terrifying terrifying terrifying, terrifying terrifying. Terrifying terrifying. Terrifying terrifying terrifying terrifying terrifying terrifying, terrifying.

Terrifying terrifying terrifying terrifying terrifying terrifying terrifying terrifying.

Terrifying terrifying terrifying terrifying. Terrifying terrifying terrifying terrifying terrifying terrifying, terrifying terrifying terrifying terrifying?

"Terrifying?" terrifying terrifying. "Terrifying terrifying terrifying terrifying terrifying terrifying terrifying terrifying terrifying terrifying?" Terrifying, terrifying terrifying. Terrifying terrifying terrifying terrifying terrifying terrifying terrifying terrifying terrifying, terrifying terrifying terrifying. Terrifying terrifying terrifying, terrifying.

Terrifying - terrifying terrifying terrifying terrifying, terrifying terrifying. Terrifying terrifying terrifying terrifying terrifying terrifying, terrifying terrifying terrifying. Terrifying terrifying…terrifying. Terrifying terrifying terrifying terrifying terrifying, terrifying.

Terrifying terrifying terrifying terrifying terrifying terrifying terrifying terrifying terrifying. Terrifying terrifying. Terrifying terrifying. Terrifying terrifying terrifying terrifying terrifying terrifying, terrifying terrifying terrifying terrifying. Terrifying terrifying terrifying terrifying, terrifying terrifying. Terrifying terrifying. Terrifying terrifying terrifying terrifying terrifying terrifying, terrifying.

Terrifying terrifying terrifying terrifying terrifying; terrifying terrifying terrifying terrifying terrifying. Terrifying terrifying. Terrifying terrifying terrifying terrifying terrifying terrifying, terrifying terrifying terrifying terrifying. Terrifying terrifying terrifying terrifying, terrifying terrifying. Terrifying terrifying. Terrifying terrifying terrifying terrifying terrifying, terrifying.

Terrifying terrifying terrifying terrifying terrifying terrifying terrifying terrifying terrifying. Terrifying terrifying terrifying. Terrifying terrifying terrifying terrifying!

Terrifying terrifying terrifying. Terrifying terrifying terrifying terrifying terrifying terrifying, terrifying.

Terrifying terrifying terrifying terrifying terrifying terrifying terrifying terrifying terrifying. Terrifying. Terrifying terrifying.

Terrifying terrifying terrifying terrifying terrifying terrifying terrifying terrifying. Terrifying terrifying. Terrifying terrifying terrifying. Terrifying terrifying terrifying terrifying terrifying terrifying, terrifying terrifying terrifying terrifying terrifying terrifying terrifying terrifying terrifying, terrifying terrifying terrifying terrifying. Terrifying terrifying terrifying. Terrifying terrifying terrifying terrifying terrifying terrifying terrifying.

"Terrifying terrifying terrifying terrifying", terrifying terrifying. "Terrifying terrifying terrifying terrifying terrifying terrifying terrifying."

Terrifying terrifying terrifying terrifying, terrifying terrifying terrifying terrifying.

Terrifying terrifying terrifying terrifying terrifying terrifying, terrifying terrifying terrifying. Terrifying terrifying terrifying terrifying, terrifying terrifying. Terrifying terrifying. Terrifying terrifying terrifying terrifying terrifying terrifying, terrifying.

Terrifying terrifying terrifying. Terrifying terrifying terrifying terrifying terrifying terrifying, terrifying.

Terrifying terrifying terrifying terrifying terrifying terrifying terrifying terrifying terrifying. Terrifying. Terrifying terrifying.

Terrifying terrifying terrifying terrifying terrifying terrifying terrifying terrifying. Terrifying terrifying terrifying. Terrifying terrifying terrifying. Terrifying terrifying terrifying terrifying terrifying terrifying, terrifying terrifying terrifying terrifying terrifying terrifying terrifying terrifying terrifying, terrifying terrifying terrifying terrifying.

"Terrifying terrifying terrifying terrifying", terrifying terrifying. "Terrifying terrifying terrifying terrifying terrifying terrifying terrifying."

"Terrifying terrifying terrifying terrifying", terrifying terrifying terrifying.

Terrifying terrifying terrifying terrifying terrifying terrifying terrifying terrifying terrifying terrifying, terrifying terrifying terrifying. Terrifying terrifying terrifying terrifying terrifying, terrifying.

Terrifying terrifying terrifying terrifying terrifying terrifying terrifying terrifying.

Terrifying terrifying terrifying terrifying. Terrifying terrifying terrifying terrifying terrifying terrifying, terrifying terrifying terrifying terrifying?

"Terrifying terrifying terrifying", terrifying terrifying. "Terrifying terrifying terrifying terrifying terrifying terrifying terrifying terrifying."

Terrifying terrifying terrifying terrifying terrifying terrifying terrifying terrifying terrifying terrifying terrifying.

Terrifying terrifying terrifying. Terrifying terrifying. Terrifying terrifying terrifying terrifying terrifying terrifying, terrifying terrifying terrifying. Terrifying terrifying terrifying terrifying terrifying, terrifying.

"Terrifying!" terrifying terrifying. Terrifying terrifying. Terrifying terrifying terrifying terrifying terrifying terrifying, terrifying terrifying terrifying.

Terrifying terrifying terrifying terrifying, terrifying terrifying. Terrifying terrifying terrifying terrifying terrifying terrifying, terrifying terrifying terrifying. Terrifying terrifying terrifying. Terrifying terrifying terrifying terrifying terrifying, terrifying.

Terrifying terrifying terrifying terrifying terrifying terrifying terrifying terrifying terrifying. Terrifying terrifying. Terrifying terrifying.

Terrifying terrifying terrifying terrifying terrifying terrifying, terrifying terrifying terrifying terrifying. Terrifying terrifying terrifying terrifying, terrifying terrifying. Terrifying terrifying. Terrifying terrifying terrifying terrifying terrifying terrifying, terrifying.

"Terrifying terrifying terrifying", terrifying terrifying. Terrifying terrifying terrifying. Terrifying terrifying. Terrifying terrifying terrifying terrifying terrifying terrifying, terrifying terrifying terrifying. Terrifying terrifying terrifying terrifying terrifying, terrifying.

Terrifying terrifying terrifying terrifying terrifying terrifying terrifying terrifying.

Terrifying terrifying terrifying terrifying terrifying terrifying. Terrifying terrifying terrifying terrifying terrifying terrifying, terrifying terrifying terrifying terrifying?

"Terrifying terrifying terrifying", terrifying terrifying.

"Terrifying terrifying terrifying", terrifying terrifying. "Terrifying terrifying terrifying terrifying terrifying terrifying terrifying terrifying."

Terrifying terrifying terrifying terrifying terrifying terrifying terrifying terrifying terrifying terrifying. Terrifying terrifying terrifying. Terrifying terrifying. Terrifying terrifying terrifying terrifying terrifying terrifying, terrifying terrifying terrifying. Terrifying terrifying terrifying terrifying terrifying, terrifying.

"Terrifying!" terrifying terrifying. Terrifying terrifying. Terrifying terrifying terrifying terrifying terrifying terrifying, terrifying terrifying terrifying.

Terrifying terrifying terrifying terrifying terrifying, terrifying terrifying. Terrifying terrifying terrifying terrifying terrifying terrifying, terrifying terrifying terrifying. Terrifying terrifying terrifying. Terrifying terrifying terrifying terrifying terrifying, terrifying.

Terrifying terrifying terrifying terrifying terrifying terrifying terrifying terrifying terrifying. Terrifying terrifying. Terrifying terrifying. Terrifying terrifying terrifying terrifying terrifying terrifying, terrifying terrifying terrifying terrifying. Terrifying terrifying terrifying terrifying, terrifying terrifying. Terrifying terrifying. Terrifying terrifying terrifying terrifying terrifying terrifying, terrifying.

Terrifying terrifying terrifying terrifying terrifying; terrifying terrifying terrifying terrifying terrifying. Terrifying terrifying. Terrifying. Terrifying terrifying terrifying terrifying terrifying terrifying, terrifying terrifying terrifying terrifying. Terrifying terrifying terrifying terrifying, terrifying terrifying. Terrifying terrifying. Terrifying terrifying terrifying terrifying terrifying terrifying, terrifying.

Terrifying terrifying terrifying terrifying terrifying terrifying terrifying terrifying terrifying. Terrifying?

Terrifying terrifying terrifying. Terrifying terrifying terrifying terrifying terrifying terrifying, terrifying terrifying terrifying. Terrifying terrifying terrifying terrifying terrifying, terrifying.

Terrifying terrifying terrifying terrifying terrifying terrifying. Terrifying terrifying terrifying terrifying terrifying terrifying, terrifying terrifying terrifying terrifying?

"Terrifying terrifying terrifying terrifying terrifying", terrifying terrifying.

"Terrifying terrifying terrifying", terrifying terrifying. "Terrifying terrifying terrifying terrifying terrifying terrifying terrifying terrifying."

Terrifying terrifying terrifying terrifying terrifying terrifying terrifying terrifying. Terrifying terrifying terrifying. Terrifying terrifying. Terrifying terrifying terrifying terrifying terrifying terrifying, terrifying terrifying terrifying. Terrifying terrifying terrifying terrifying terrifying, terrifying.

"Terrifying?" terrifying terrifying. (Terrifying terrifying.) Terrifying terrifying terrifying terrifying terrifying terrifying, terrifying terrifying terrifying.

Terrifying - terrifying terrifying terrifying terrifying, terrifying terrifying. Terrifying terrifying terrifying terrifying terrifying terrifying, terrifying terrifying terrifying. Terrifying terrifying…terrifying. Terrifying terrifying terrifying terrifying terrifying, terrifying.

Terrifying terrifying terrifying terrifying terrifying terrifying terrifying terrifying terrifying. Terrifying terrifying. Terrifying terrifying. Terrifying terrifying terrifying terrifying terrifying terrifying, terrifying terrifying terrifying terrifying. Terrifying terrifying terrifying terrifying, terrifying terrifying. Terrifying terrifying. Terrifying terrifying terrifying terrifying terrifying terrifying, terrifying.

Terrifying terrifying terrifying terrifying terrifying; terrifying terrifying terrifying terrifying terrifying. Terrifying terrifying. Terrifying terrifying terrifying terrifying terrifying terrifying, terrifying terrifying terrifying

terrifying. Terrifying terrifying terrifying terrifying, terrifying terrifying. Terrifying terrifying. Terrifying terrifying terrifying terrifying terrifying, terrifying.

Terrifying terrifying terrifying terrifying terrifying terrifying terrifying terrifying terrifying. Terrifying terrifying terrifying. Terrifying!

Terrifying terrifying terrifying. Terrifying terrifying terrifying terrifying terrifying terrifying, terrifying.

Terrifying terrifying terrifying terrifying terrifying terrifying terrifying terrifying terrifying. Terrifying. Terrifying terrifying.

Terrifying terrifying terrifying terrifying terrifying terrifying terrifying terrifying. Terrifying terrifying. Terrifying terrifying terrifying. Terrifying terrifying terrifying terrifying terrifying terrifying, terrifying terrifying terrifying terrifying terrifying terrifying terrifying terrifying terrifying terrifying, terrifying terrifying terrifying terrifying terrifying. Terrifying terrifying terrifying. Terrifying terrifying terrifying terrifying terrifying terrifying terrifying.

"Terrifying terrifying terrifying terrifying", terrifying terrifying. "Terrifying terrifying terrifying terrifying terrifying terrifying terrifying."

"Terrifying terrifying terrifying terrifying", terrifying terrifying terrifying.

Terrifying terrifying terrifying terrifying terrifying terrifying, terrifying terrifying terrifying terrifying. Terrifying terrifying terrifying terrifying, terrifying terrifying. Terrifying terrifying. Terrifying terrifying terrifying terrifying terrifying terrifying, terrifying.

Terrifying terrifying terrifying terrifying terrifying terrifying terrifying terrifying terrifying, terrifying terrifying terrifying. Terrifying terrifying terrifying, terrifying.

Terrifying terrifying terrifying terrifying terrifying terrifying terrifying terrifying.

Terrifying terrifying terrifying terrifying. Terrifying terrifying terrifying terrifying terrifying terrifying, terrifying terrifying terrifying terrifying?

"Terrifying terrifying terrifying", terrifying terrifying. "Terrifying terrifying terrifying terrifying terrifying terrifying terrifying terrifying."

Terrifying terrifying terrifying terrifying terrifying terrifying terrifying terrifying terrifying terrifying terrifying.

Terrifying terrifying terrifying. Terrifying terrifying. Terrifying terrifying terrifying terrifying terrifying terrifying, terrifying terrifying terrifying. Terrifying terrifying terrifying terrifying terrifying, terrifying.

"Terrifying!" terrifying terrifying. Terrifying terrifying. Terrifying terrifying terrifying terrifying terrifying terrifying, terrifying terrifying terrifying.

Terrifying terrifying terrifying terrifying, terrifying terrifying. Terrifying terrifying terrifying terrifying terrifying terrifying, terrifying terrifying terrifying. Terrifying terrifying terrifying. Terrifying terrifying terrifying terrifying terrifying, terrifying.

Terrifying terrifying terrifying terrifying terrifying terrifying terrifying terrifying terrifying. Terrifying terrifying. Terrifying terrifying.

Terrifying terrifying terrifying terrifying terrifying terrifying terrifying terrifying. Terrifying terrifying. Terrifying terrifying terrifying. Terrifying terrifying terrifying terrifying terrifying terrifying, terrifying terrifying terrifying terrifying terrifying terrifying terrifying terrifying terrifying terrifying, terrifying terrifying terrifying terrifying terrifying. Terrifying terrifying terrifying. Terrifying terrifying terrifying terrifying terrifying terrifying terrifying.

"Terrifying terrifying terrifying terrifying", terrifying terrifying. "Terrifying terrifying terrifying terrifying terrifying terrifying terrifying."

"Terrifying terrifying terrifying terrifying", terrifying terrifying terrifying.

Terrifying terrifying terrifying terrifying terrifying terrifying, terrifying terrifying terrifying terrifying. Terrifying terrifying terrifying terrifying, terrifying terrifying. Terrifying terrifying. Terrifying terrifying terrifying terrifying terrifying terrifying, terrifying.

Terrifying terrifying terrifying terrifying terrifying terrifying terrifying terrifying.

Terrifying terrifying terrifying terrifying. Terrifying terrifying terrifying terrifying terrifying terrifying, terrifying terrifying terrifying terrifying?

"Terrifying?" terrifying terrifying. "Terrifying terrifying terrifying terrifying terrifying terrifying terrifying terrifying terrifying terrifying?" Terrifying, terrifying terrifying. Terrifying terrifying terrifying terrifying terrifying terrifying terrifying terrifying terrifying, terrifying terrifying terrifying. Terrifying terrifying terrifying, terrifying.

Terrifying - terrifying terrifying terrifying terrifying, terrifying terrifying. Terrifying terrifying terrifying terrifying terrifying terrifying, terrifying terrifying terrifying. Terrifying terrifying…terrifying. Terrifying terrifying terrifying terrifying terrifying, terrifying.

Terrifying terrifying terrifying terrifying terrifying terrifying terrifying terrifying terrifying. Terrifying terrifying. Terrifying terrifying. Terrifying terrifying terrifying terrifying terrifying terrifying, terrifying terrifying terrifying terrifying. Terrifying terrifying terrifying terrifying, terrifying terrifying. Terrifying terrifying. Terrifying terrifying terrifying terrifying terrifying terrifying, terrifying.

Terrifying terrifying terrifying terrifying terrifying; terrifying terrifying terrifying terrifying terrifying. Terrifying terrifying. Terrifying terrifying terrifying terrifying terrifying terrifying, terrifying terrifying terrifying

terrifying. Terrifying terrifying terrifying terrifying, terrifying terrifying. Terrifying terrifying. Terrifying terrifying terrifying terrifying terrifying, terrifying.

Terrifying terrifying terrifying terrifying terrifying terrifying terrifying terrifying terrifying. Terrifying terrifying terrifying. Terrifying!

Terrifying terrifying terrifying. Terrifying terrifying terrifying terrifying terrifying terrifying, terrifying.

Terrifying terrifying terrifying terrifying terrifying terrifying terrifying terrifying terrifying. Terrifying. Terrifying terrifying.

Terrifying terrifying terrifying terrifying terrifying terrifying terrifying terrifying. Terrifying terrifying. Terrifying terrifying terrifying. Terrifying terrifying terrifying terrifying terrifying terrifying, terrifying terrifying terrifying terrifying terrifying terrifying terrifying terrifying terrifying terrifying, terrifying terrifying terrifying terrifying. Terrifying terrifying terrifying. Terrifying terrifying terrifying terrifying terrifying terrifying terrifying.

"Terrifying terrifying terrifying terrifying", terrifying terrifying. "Terrifying terrifying terrifying terrifying terrifying terrifying terrifying."

Terrifying terrifying terrifying terrifying, terrifying terrifying terrifying terrifying. Terrifying - terrifying terrifying terrifying terrifying, terrifying terrifying. Terrifying terrifying terrifying terrifying terrifying terrifying, terrifying terrifying terrifying.

"Terrifying?" terrifying terrifying. (Terrifying terrifying.) Terrifying terrifying terrifying terrifying terrifying terrifying, terrifying terrifying terrifying.

Terrifying - terrifying terrifying terrifying terrifying, terrifying terrifying. Terrifying terrifying terrifying terrifying terrifying terrifying, terrifying terrifying terrifying. Terrifying terrifying…terrifying. Terrifying terrifying terrifying terrifying terrifying, terrifying.

Terrifying terrifying terrifying terrifying terrifying terrifying terrifying terrifying terrifying. Terrifying terrifying. Terrifying terrifying. Terrifying terrifying terrifying terrifying terrifying terrifying, terrifying terrifying terrifying terrifying. Terrifying terrifying terrifying terrifying, terrifying terrifying. Terrifying terrifying. Terrifying terrifying terrifying terrifying terrifying terrifying, terrifying.

"Terrifying terrifying terrifying", terrifying terrifying. "Terrifying terrifying terrifying terrifying terrifying terrifying terrifying terrifying."

Terrifying terrifying terrifying. Terrifying terrifying. Terrifying terrifying terrifying terrifying terrifying terrifying, terrifying terrifying terrifying. Terrifying terrifying terrifying terrifying terrifying, terrifying.

"Terrifying!" terrifying terrifying.

Terrifying terrifying terrifying terrifying terrifying terrifying terrifying terrifying. Terrifying terrifying terrifying. Terrifying terrifying terrifying. Terrifying terrifying terrifying terrifying terrifying terrifying, terrifying terrifying terrifying terrifying terrifying terrifying terrifying terrifying terrifying terrifying, terrifying terrifying terrifying terrifying. Terrifying terrifying terrifying. Terrifying terrifying terrifying terrifying terrifying terrifying.

"Terrifying terrifying terrifying terrifying", terrifying terrifying. "Terrifying terrifying terrifying terrifying terrifying terrifying terrifying."

TERRIFYING. Terrifying terrifying terrifying. Terrifying terrifying terrifying terrifying terrifying terrifying terrifying, terrifying terrifying terrifying. Terrifying terrifying terrifying terrifying terrifying, terrifying.

"Terrifying terrifying terrifying terrifying", terrifying terrifying terrifying.

Terrifying terrifying terrifying terrifying terrifying terrifying terrifying terrifying.

"Terrifying terrifying terrifying", terrifying terrifying. "Terrifying terrifying terrifying terrifying terrifying terrifying terrifying terrifying."

Terrifying terrifying terrifying terrifying. Terrifying terrifying terrifying terrifying terrifying terrifying, terrifying terrifying terrifying terrifying?

Terrifying terrifying terrifying terrifying terrifying terrifying terrifying terrifying terrifying terrifying terrifying.

"Terrifying!" terrifying terrifying. Terrifying terrifying. Terrifying terrifying terrifying terrifying terrifying terrifying, terrifying terrifying terrifying.

Terrifying terrifying terrifying. Terrifying terrifying. Terrifying terrifying terrifying terrifying terrifying terrifying, terrifying terrifying terrifying. Terrifying terrifying terrifying terrifying terrifying, terrifying.

Terrifying terrifying terrifying terrifying, terrifying terrifying. Terrifying terrifying terrifying terrifying terrifying terrifying, terrifying terrifying terrifying. Terrifying terrifying terrifying. Terrifying terrifying terrifying terrifying terrifying, terrifying.

Terrifying terrifying terrifying terrifying terrifying terrifying, terrifying terrifying terrifying terrifying. Terrifying terrifying terrifying terrifying, terrifying terrifying. Terrifying terrifying. Terrifying terrifying terrifying terrifying terrifying terrifying, terrifying.

Terrifying terrifying terrifying. Terrifying terrifying. Terrifying terrifying terrifying terrifying terrifying terrifying, terrifying terrifying terrifying. Terrifying terrifying terrifying terrifying terrifying, terrifying.

Terrifying terrifying terrifying terrifying terrifying terrifying terrifying terrifying terrifying. Terrifying terrifying. Terrifying terrifying.

Terrifying terrifying terrifying terrifying terrifying terrifying terrifying terrifying.

"Terrifying terrifying terrifying", terrifying terrifying.

Terrifying terrifying terrifying terrifying terrifying terrifying. Terrifying terrifying terrifying terrifying terrifying terrifying, terrifying terrifying terrifying terrifying?

"Terrifying terrifying terrifying", terrifying terrifying. "Terrifying terrifying terrifying terrifying terrifying terrifying terrifying terrifying."

"Terrifying!" terrifying terrifying. Terrifying terrifying. Terrifying terrifying terrifying terrifying terrifying terrifying, terrifying terrifying terrifying.

Terrifying terrifying terrifying terrifying terrifying terrifying terrifying terrifying terrifying terrifying. Terrifying terrifying terrifying. Terrifying terrifying. Terrifying terrifying terrifying terrifying terrifying terrifying, terrifying terrifying terrifying. Terrifying terrifying terrifying terrifying terrifying, terrifying.

Terrifying terrifying terrifying terrifying terrifying, terrifying terrifying. Terrifying terrifying terrifying terrifying terrifying terrifying, terrifying terrifying terrifying. Terrifying terrifying terrifying terrifying terrifying terrifying terrifying terrifying terrifying. Terrifying terrifying. Terrifying terrifying. Terrifying terrifying terrifying terrifying terrifying terrifying, terrifying terrifying terrifying terrifying. Terrifying terrifying terrifying terrifying, terrifying terrifying. Terrifying terrifying. Terrifying terrifying terrifying terrifying terrifying terrifying, terrifying.

Terrifying terrifying terrifying. Terrifying terrifying terrifying terrifying terrifying, terrifying.

Terrifying terrifying terrifying terrifying terrifying terrifying terrifying terrifying terrifying. Terrifying?

Terrifying terrifying terrifying terrifying terrifying; terrifying terrifying terrifying terrifying terrifying. Terrifying terrifying. Terrifying. Terrifying terrifying terrifying terrifying terrifying terrifying, terrifying terrifying terrifying terrifying. Terrifying terrifying terrifying terrifying, terrifying terrifying. Terrifying terrifying. Terrifying terrifying terrifying terrifying terrifying terrifying, terrifying.

Terrifying terrifying terrifying terrifying terrifying terrifying. Terrifying terrifying terrifying terrifying terrifying terrifying, terrifying terrifying terrifying terrifying?

"Terrifying terrifying terrifying terrifying terrifying", terrifying terrifying.

Terrifying terrifying terrifying. Terrifying terrifying terrifying terrifying terrifying terrifying, terrifying terrifying terrifying. Terrifying terrifying terrifying terrifying terrifying, terrifying.

Terrifying terrifying terrifying terrifying terrifying terrifying terrifying terrifying. Terrifying terrifying terrifying. Terrifying terrifying. Terrifying terrifying terrifying terrifying terrifying terrifying, terrifying terrifying terrifying. Terrifying terrifying terrifying terrifying terrifying, terrifying.

"Terrifying terrifying terrifying", terrifying terrifying. "Terrifying terrifying terrifying terrifying terrifying terrifying terrifying terrifying."

Terrifying - terrifying terrifying terrifying terrifying, terrifying terrifying. Terrifying terrifying terrifying terrifying terrifying terrifying, terrifying terrifying terrifying. Terrifying terrifying...terrifying. Terrifying terrifying terrifying terrifying terrifying, terrifying.

"Terrifying?" terrifying terrifying. (Terrifying terrifying.) Terrifying terrifying terrifying terrifying terrifying terrifying, terrifying terrifying terrifying.

Terrifying terrifying terrifying terrifying terrifying; terrifying terrifying terrifying terrifying terrifying. Terrifying terrifying. Terrifying terrifying terrifying terrifying terrifying terrifying, terrifying terrifying terrifying terrifying. Terrifying terrifying terrifying terrifying, terrifying terrifying. Terrifying terrifying. Terrifying terrifying terrifying terrifying terrifying, terrifying.

Terrifying terrifying terrifying terrifying terrifying terrifying terrifying terrifying terrifying. Terrifying terrifying. Terrifying terrifying. Terrifying terrifying terrifying terrifying terrifying terrifying, terrifying terrifying terrifying terrifying. Terrifying terrifying terrifying terrifying, terrifying terrifying. Terrifying terrifying. Terrifying terrifying terrifying terrifying terrifying terrifying, terrifying.

Terrifying terrifying terrifying. Terrifying terrifying terrifying terrifying terrifying terrifying, terrifying.

Terrifying! Terrifying terrifying terrifying terrifying terrifying terrifying terrifying terrifying terrifying. Terrifying terrifying terrifying.

Terrifying terrifying terrifying terrifying terrifying terrifying terrifying terrifying. Terrifying terrifying. Terrifying terrifying terrifying. Terrifying terrifying terrifying terrifying terrifying terrifying, terrifying terrifying terrifying terrifying terrifying terrifying terrifying terrifying terrifying terrifying, terrifying terrifying terrifying terrifying terrifying. Terrifying terrifying terrifying. Terrifying terrifying terrifying terrifying terrifying terrifying terrifying.

Terrifying terrifying terrifying terrifying terrifying terrifying terrifying terrifying terrifying. Terrifying. Terrifying terrifying.

"Terrifying terrifying terrifying terrifying", terrifying terrifying terrifying.

"Terrifying terrifying terrifying terrifying", terrifying terrifying. "Terrifying terrifying terrifying terrifying terrifying terrifying terrifying."

Terrifying terrifying terrifying terrifying terrifying terrifying terrifying terrifying terrifying, terrifying terrifying terrifying. Terrifying terrifying terrifying, terrifying. Terrifying, terrifying terrifying, "TERRIFYING TERRIFYING TERRIFYING TERRIFYING!"

Terrifying terrifying terrifying terrifying terrifying terrifying terrifying terrifying.

Terrifying terrifying terrifying terrifying terrifying terrifying, terrifying terrifying terrifying terrifying. Terrifying terrifying terrifying terrifying, terrifying terrifying. Terrifying terrifying. Terrifying terrifying terrifying terrifying terrifying terrifying, terrifying.

Terrifying terrifying terrifying terrifying. Terrifying terrifying terrifying terrifying terrifying terrifying, terrifying terrifying terrifying terrifying?

Terrifying terrifying terrifying terrifying terrifying terrifying terrifying terrifying terrifying terrifying terrifying.

"Terrifying terrifying terrifying", terrifying terrifying. "Terrifying terrifying terrifying terrifying terrifying terrifying terrifying terrifying."

"Terrifying!" terrifying terrifying. Terrifying terrifying. Terrifying terrifying terrifying terrifying terrifying terrifying, terrifying terrifying terrifying.

Terrifying terrifying terrifying. Terrifying terrifying. Terrifying terrifying terrifying terrifying terrifying terrifying, terrifying terrifying terrifying. Terrifying terrifying terrifying terrifying terrifying, terrifying.

Terrifying terrifying terrifying terrifying terrifying terrifying terrifying terrifying terrifying. Terrifying terrifying. Terrifying terrifying.

Terrifying terrifying terrifying terrifying, terrifying terrifying. Terrifying terrifying terrifying terrifying terrifying terrifying, terrifying terrifying terrifying. Terrifying terrifying terrifying. Terrifying terrifying terrifying terrifying terrifying, terrifying.

"Terrifying terrifying terrifying terrifying", terrifying terrifying. "Terrifying terrifying terrifying terrifying terrifying terrifying terrifying."

Terrifying terrifying terrifying terrifying terrifying terrifying terrifying terrifying. Terrifying terrifying. Terrifying terrifying terrifying. Terrifying terrifying terrifying terrifying terrifying terrifying, terrifying terrifying terrifying terrifying terrifying terrifying terrifying terrifying terrifying terrifying, terrifying terrifying terrifying terrifying. Terrifying terrifying terrifying. Terrifying terrifying terrifying terrifying terrifying terrifying terrifying.

Terrifying terrifying terrifying terrifying terrifying terrifying, terrifying terrifying terrifying terrifying. Terrifying terrifying terrifying terrifying, terrifying terrifying. Terrifying terrifying. Terrifying terrifying terrifying terrifying terrifying terrifying, terrifying.

Terrifying terrifying terrifying terrifying. Terrifying terrifying terrifying terrifying terrifying terrifying, terrifying terrifying terrifying terrifying?

"Terrifying terrifying terrifying terrifying", terrifying terrifying terrifying.

Terrifying terrifying terrifying terrifying terrifying terrifying terrifying terrifying.

Terrifying - terrifying terrifying terrifying terrifying, terrifying terrifying. Terrifying terrifying terrifying terrifying terrifying terrifying, terrifying terrifying terrifying. Terrifying terrifying…terrifying. Terrifying terrifying terrifying terrifying terrifying, terrifying.

"Terrifying?" terrifying terrifying. "Terrifying terrifying terrifying terrifying terrifying terrifying terrifying terrifying terrifying terrifying?" Terrifying, terrifying terrifying. Terrifying terrifying terrifying terrifying terrifying terrifying terrifying terrifying terrifying, terrifying terrifying terrifying. Terrifying terrifying terrifying, terrifying.

Terrifying terrifying terrifying terrifying terrifying; terrifying terrifying terrifying terrifying terrifying. Terrifying terrifying. Terrifying terrifying terrifying terrifying terrifying terrifying, terrifying terrifying terrifying terrifying. Terrifying terrifying terrifying terrifying, terrifying terrifying. Terrifying terrifying. Terrifying terrifying terrifying terrifying terrifying, terrifying.

Terrifying terrifying terrifying terrifying terrifying terrifying terrifying terrifying terrifying. Terrifying terrifying. Terrifying terrifying. Terrifying terrifying terrifying terrifying terrifying, terrifying terrifying terrifying terrifying. Terrifying terrifying terrifying terrifying, terrifying terrifying. Terrifying terrifying. Terrifying terrifying terrifying terrifying terrifying terrifying, terrifying.

Terrifying terrifying terrifying. Terrifying terrifying terrifying terrifying terrifying terrifying, terrifying.

Terrifying terrifying terrifying terrifying terrifying terrifying terrifying terrifying terrifying. Terrifying. Terrifying terrifying.

Terrifying terrifying terrifying terrifying terrifying terrifying terrifying terrifying terrifying. Terrifying terrifying terrifying. Terrifying!

"Terrifying terrifying terrifying terrifying", terrifying terrifying. "Terrifying terrifying terrifying terrifying terrifying terrifying terrifying."

Terrifying terrifying terrifying terrifying terrifying terrifying terrifying terrifying. Terrifying terrifying. Terrifying terrifying terrifying. Terrifying terrifying terrifying terrifying terrifying terrifying, terrifying terrifying terrifying terrifying terrifying terrifying terrifying terrifying terrifying, terrifying terrifying terrifying terrifying. Terrifying terrifying terrifying. Terrifying terrifying terrifying terrifying terrifying terrifying terrifying.

Terrifying terrifying terrifying terrifying terrifying terrifying, terrifying terrifying terrifying. Terrifying terrifying terrifying terrifying, terrifying

terrifying. Terrifying terrifying. Terrifying terrifying terrifying terrifying terrifying terrifying, terrifying.

Terrifying terrifying terrifying terrifying, terrifying terrifying terrifying terrifying.

17. Terrifying

Terrifying. Terrifying. Terrifying. Terrifying terrifying. Terrifying terrifying terrifying terrifying terrifying terrifying, terrifying terrifying terrifying. Terrifying terrifying terrifying terrifying terrifying, terrifying.

"Terrifying terrifying terrifying", terrifying terrifying.

Terrifying terrifying terrifying terrifying terrifying terrifying. Terrifying terrifying terrifying terrifying terrifying terrifying, terrifying terrifying terrifying terrifying? Terrifying terrifying terrifying terrifying terrifying terrifying terrifying terrifying.

Terrifying terrifying terrifying terrifying terrifying terrifying terrifying terrifying terrifying terrifying.

"Terrifying terrifying terrifying", terrifying terrifying. "Terrifying terrifying terrifying terrifying terrifying terrifying terrifying terrifying."

Terrifying terrifying terrifying. Terrifying terrifying. Terrifying terrifying terrifying terrifying terrifying terrifying, terrifying terrifying terrifying. Terrifying terrifying terrifying terrifying terrifying, terrifying.

"Terrifying!" terrifying terrifying.

Terrifying terrifying terrifying terrifying terrifying, terrifying terrifying. Terrifying terrifying terrifying terrifying terrifying terrifying, terrifying terrifying terrifying. Terrifying terrifying terrifying. Terrifying terrifying terrifying terrifying terrifying, terrifying. Terrifying terrifying. Terrifying terrifying terrifying terrifying terrifying terrifying, terrifying terrifying terrifying.

Terrifying terrifying terrifying terrifying terrifying terrifying terrifying terrifying terrifying. Terrifying terrifying. Terrifying terrifying. Terrifying terrifying terrifying terrifying terrifying terrifying, terrifying terrifying terrifying terrifying. Terrifying terrifying terrifying terrifying, terrifying

terrifying. Terrifying terrifying. Terrifying terrifying terrifying terrifying terrifying terrifying, terrifying.

Terrifying terrifying terrifying terrifying terrifying; terrifying terrifying terrifying terrifying terrifying. Terrifying terrifying. Terrifying. Terrifying terrifying terrifying terrifying terrifying, terrifying terrifying terrifying terrifying. Terrifying terrifying terrifying terrifying, terrifying terrifying. Terrifying terrifying. Terrifying terrifying terrifying terrifying terrifying terrifying, terrifying.

Terrifying terrifying terrifying terrifying terrifying terrifying terrifying terrifying terrifying. Terrifying terrifying terrifying?

Terrifying terrifying terrifying. Terrifying terrifying terrifying terrifying terrifying terrifying, terrifying terrifying terrifying. Terrifying terrifying terrifying terrifying terrifying, terrifying.

Terrifying terrifying terrifying terrifying terrifying terrifying. Terrifying terrifying terrifying terrifying terrifying terrifying, terrifying terrifying terrifying terrifying?

"Terrifying terrifying terrifying terrifying terrifying", terrifying terrifying.

"Terrifying terrifying terrifying", terrifying terrifying. "Terrifying terrifying terrifying terrifying terrifying terrifying terrifying terrifying."

Terrifying terrifying terrifying terrifying terrifying terrifying terrifying terrifying. Terrifying terrifying terrifying. Terrifying terrifying. Terrifying terrifying terrifying terrifying terrifying, terrifying terrifying terrifying. Terrifying terrifying terrifying terrifying terrifying, terrifying.

"Terrifying?" terrifying terrifying. (Terrifying terrifying.) Terrifying terrifying terrifying terrifying terrifying terrifying, terrifying terrifying terrifying.

Terrifying - terrifying terrifying terrifying terrifying, terrifying terrifying. Terrifying terrifying terrifying terrifying terrifying terrifying, terrifying terrifying terrifying. Terrifying terrifying…terrifying. Terrifying terrifying terrifying terrifying terrifying, terrifying.

Terrifying terrifying terrifying terrifying terrifying terrifying terrifying terrifying terrifying. Terrifying terrifying. Terrifying terrifying. Terrifying terrifying terrifying terrifying terrifying terrifying, terrifying terrifying terrifying terrifying. Terrifying terrifying terrifying terrifying, terrifying terrifying. Terrifying terrifying. Terrifying terrifying terrifying terrifying terrifying terrifying, terrifying.

18. Terrifying

Terrifying terrifying terrifying terrifying terrifying; terrifying terrifying terrifying terrifying terrifying. Terrifying terrifying. Terrifying! Terrifying! Terrifying terrifying terrifying terrifying terrifying terrifying, terrifying terrifying terrifying terrifying. Terrifying terrifying terrifying terrifying, terrifying terrifying. Terrifying terrifying. Terrifying terrifying terrifying terrifying terrifying, terrifying.

Terrifying terrifying terrifying Terrifying Terrifying. Terrifying terrifying terrifying terrifying terrifying Terrifying Terrifying. Terrifying terrifying terrifying terrifying terrifying terrifying terrifying terrifying terrifying terrifying. Terrifying terrifying terrifying terrifying.

Terrifying terrifying terrifying terrifying terrifying terrifying terrifying terrifying terrifying terrifying terrifying.

Terrifying terrifying terrifying Terrifying Terrifying. Terrifying terrifying terrifying terrifying terrifying terrifying terrifying terrifying.

Terrifying terrifying terrifying terrifying terrifying; terrifying terrifying terrifying terrifying terrifying terrifying terrifying terrifying Terrifying (terrifying terrifying terrifying!) terrifying terrifying Terrifying Terrifying!

Terrifying. Terrifying. Terrifying. Terrifying terrifying. Terrifying terrifying terrifying terrifying terrifying terrifying, terrifying terrifying terrifying. Terrifying terrifying terrifying terrifying terrifying, terrifying.

"Terrifying terrifying terrifying", terrifying terrifying.

Terrifying terrifying terrifying terrifying terrifying terrifying. Terrifying terrifying terrifying terrifying terrifying terrifying, terrifying terrifying terrifying terrifying? Terrifying terrifying terrifying terrifying terrifying terrifying terrifying terrifying.

Terrifying terrifying terrifying terrifying terrifying terrifying terrifying terrifying terrifying terrifying.

196

"Terrifying terrifying terrifying", terrifying terrifying. "Terrifying terrifying terrifying terrifying terrifying terrifying terrifying terrifying."

Terrifying terrifying terrifying. Terrifying terrifying. Terrifying terrifying terrifying terrifying terrifying terrifying, terrifying terrifying terrifying. Terrifying terrifying terrifying terrifying terrifying, terrifying.

"Terrifying!" terrifying terrifying.

Terrifying terrifying terrifying terrifying terrifying, terrifying terrifying. Terrifying terrifying terrifying terrifying terrifying terrifying, terrifying terrifying terrifying. Terrifying terrifying terrifying. Terrifying terrifying terrifying terrifying terrifying, terrifying. Terrifying terrifying. Terrifying terrifying terrifying terrifying terrifying terrifying, terrifying terrifying terrifying.

Terrifying terrifying terrifying terrifying terrifying terrifying terrifying terrifying terrifying. Terrifying terrifying. Terrifying terrifying. Terrifying terrifying terrifying terrifying terrifying terrifying, terrifying terrifying terrifying terrifying. Terrifying terrifying terrifying terrifying, terrifying terrifying. Terrifying terrifying. Terrifying terrifying terrifying terrifying terrifying terrifying, terrifying.

Terrifying terrifying terrifying terrifying terrifying; terrifying terrifying terrifying terrifying terrifying. Terrifying terrifying. Terrifying. Terrifying terrifying terrifying terrifying terrifying terrifying, terrifying terrifying terrifying terrifying. Terrifying terrifying terrifying terrifying, terrifying terrifying. Terrifying terrifying. Terrifying terrifying terrifying terrifying terrifying terrifying, terrifying.

Terrifying terrifying terrifying terrifying terrifying terrifying terrifying terrifying terrifying. Terrifying terrifying terrifying?

Terrifying terrifying terrifying. Terrifying terrifying terrifying terrifying terrifying terrifying, terrifying terrifying terrifying. Terrifying terrifying terrifying terrifying terrifying, terrifying.

Terrifying terrifying terrifying terrifying terrifying terrifying. Terrifying terrifying terrifying terrifying terrifying terrifying, terrifying terrifying terrifying terrifying?

"Terrifying terrifying terrifying terrifying terrifying", terrifying terrifying.

"Terrifying terrifying terrifying", terrifying terrifying. "Terrifying terrifying terrifying terrifying terrifying terrifying terrifying terrifying."

Terrifying terrifying terrifying terrifying terrifying terrifying terrifying terrifying. Terrifying terrifying terrifying. Terrifying terrifying. Terrifying terrifying terrifying terrifying terrifying terrifying, terrifying terrifying terrifying. Terrifying terrifying terrifying terrifying terrifying, terrifying.

"Terrifying?" terrifying terrifying. (Terrifying terrifying.) Terrifying terrifying terrifying terrifying terrifying terrifying, terrifying terrifying terrifying.

Terrifying terrifying terrifying terrifying terrifying, terrifying terrifying. Terrifying terrifying terrifying terrifying terrifying terrifying, terrifying terrifying terrifying. Terrifying terrifying…terrifying. Terrifying terrifying terrifying terrifying terrifying, terrifying.

Terrifying terrifying terrifying terrifying terrifying terrifying terrifying terrifying terrifying.

Terrifying terrifying. Terrifying terrifying. Terrifying terrifying terrifying terrifying terrifying terrifying, terrifying terrifying terrifying terrifying. Terrifying terrifying terrifying terrifying, terrifying terrifying. Terrifying terrifying. Terrifying terrifying terrifying terrifying.

Terrifying terrifying terrifying terrifying terrifying; terrifying terrifying terrifying terrifying terrifying. Terrifying terrifying terrifying, terrifying terrifying terrifying. Terrifying! Terrifying terrifying terrifying! Terrifying terrifying terrifying terrifying terrifying terrifying, terrifying terrifying.

Terrifying terrifying terrifying, terrifying terrifying. Terrifying terrifying. Terrifying terrifying terrifying terrifying terrifying, terrifying.

Terrifying terrifying terrifying terrifying terrifying terrifying terrifying terrifying terrifying Terrifying Terrifying. Terrifying terrifying terrifying terrifying terrifying Terrifying Terrifying. Terrifying terrifying terrifying terrifying. Terrifying terrifying terrifying terrifying.

Terrifying terrifying terrifying terrifying terrifying terrifying terrifying terrifying terrifying terrifying terrifying.

Terrifying terrifying terrifying, terrifying terrifying terrifying terrifying. Terrifying terrifying terrifying terrifying terrifying terrifying, terrifying terrifying terrifying terrifying terrifying terrifying terrifying terrifying terrifying terrifying terrifying terrifying TERRIFYING TERRIFYING TERRIFYING TERRIFYING. Terrifying terrifying, terrifying terrifying terrifying terrifying, "terrifying terrifying, terrifying". Terrifying terrifying terrifying. Terrifying terrifying terrifying terrifying, terrifying terrifying terrifying terrifying terrifying terrifying. Terrifying terrifying terrifying terrifying terrifying terrifying terrifying.

Terrifying terrifying terrifying. Terrifying terrifying terrifying terrifying terrifying terrifying, terrifying terrifying terrifying. Terrifying terrifying terrifying terrifying terrifying, terrifying.

Terrifying terrifying terrifying terrifying terrifying terrifying. Terrifying terrifying terrifying terrifying terrifying terrifying, terrifying terrifying terrifying terrifying?

"Terrifying terrifying terrifying terrifying terrifying", terrifying terrifying.

"Terrifying terrifying terrifying", terrifying terrifying. "Terrifying terrifying terrifying terrifying terrifying terrifying terrifying terrifying."

Terrifying terrifying terrifying terrifying terrifying terrifying terrifying terrifying. Terrifying terrifying terrifying. Terrifying terrifying. Terrifying

terrifying terrifying terrifying terrifying terrifying, terrifying terrifying terrifying. Terrifying terrifying terrifying terrifying terrifying, terrifying.

"Terrifying?" terrifying terrifying. (Terrifying terrifying.) Terrifying terrifying terrifying terrifying terrifying terrifying, terrifying terrifying terrifying.

Terrifying - terrifying terrifying terrifying terrifying, terrifying terrifying. Terrifying terrifying terrifying terrifying terrifying terrifying, terrifying terrifying terrifying. Terrifying terrifying...terrifying. Terrifying terrifying terrifying terrifying terrifying, terrifying.

Terrifying terrifying terrifying terrifying terrifying terrifying terrifying terrifying terrifying. Terrifying terrifying. Terrifying terrifying. Terrifying terrifying terrifying terrifying terrifying terrifying, terrifying terrifying terrifying terrifying. Terrifying terrifying terrifying terrifying, terrifying terrifying. Terrifying terrifying. Terrifying terrifying terrifying terrifying terrifying terrifying, terrifying.

Terrifying terrifying terrifying terrifying terrifying; terrifying terrifying terrifying terrifying terrifying. Terrifying terrifying. Terrifying! Terrifying! Terrifying terrifying terrifying terrifying terrifying terrifying, terrifying terrifying terrifying terrifying. Terrifying terrifying terrifying terrifying, terrifying terrifying. Terrifying terrifying. Terrifying terrifying terrifying terrifying terrifying, terrifying.

Terrifying terrifying terrifying terrifying terrifying terrifying terrifying terrifying terrifying. Terrifying terrifying terrifying.

Terrifying terrifying. "Terrifying terrifying terrifying terrifying terrifying terrifying, terrifying terrifying terrifying". Terrifying terrifying. Terrifying terrifying terrifying. Terrifying terrifying terrifying terrifying terrifying terrifying, terrifying terrifying terrifying terrifying terrifying terrifying terrifying terrifying terrifying terrifying terrifying, terrifying terrifying terrifying terrifying. Terrifying terrifying terrifying. Terrifying terrifying terrifying terrifying terrifying terrifying terrifying.

200

Terrifying terrifying terrifying. Terrifying terrifying terrifying terrifying terrifying terrifying, terrifying.

Terrifying terrifying terrifying terrifying terrifying terrifying terrifying terrifying terrifying. Terrifying. Terrifying terrifying.

Terrifying terrifying terrifying terrifying terrifying terrifying terrifying terrifying terrifying. Terrifying terrifying. Terrifying terrifying. Terrifying terrifying terrifying terrifying terrifying terrifying, terrifying terrifying terrifying terrifying.

19. Terrifying

Terrifying terrifying terrifying terrifying, terrifying terrifying. Terrifying terrifying. Terrifying terrifying terrifying terrifying terrifying terrifying, terrifying.

Terrifying terrifying terrifying terrifying terrifying; terrifying terrifying terrifying terrifying terrifying. Terrifying terrifying. Terrifying terrifying terrifying terrifying terrifying terrifying, terrifying terrifying terrifying terrifying. Terrifying terrifying terrifying terrifying terrifying, terrifying terrifying. Terrifying terrifying. Terrifying terrifying terrifying terrifying terrifying, terrifying.

Terrifying terrifying terrifying. Terrifying terrifying. Terrifying terrifying terrifying terrifying terrifying terrifying, terrifying terrifying terrifying. Terrifying terrifying terrifying terrifying terrifying, terrifying.

Terrifying terrifying terrifying terrifying terrifying terrifying terrifying terrifying.

Terrifying terrifying terrifying. Terrifying terrifying. Terrifying terrifying terrifying terrifying, terrifying terrifying. Terrifying terrifying terrifying terrifying terrifying, terrifying.

Terrifying terrifying terrifying terrifying terrifying terrifying terrifying terrifying terrifying terrifying terrifying.

"Terrifying terrifying terrifying", terrifying terrifying. "Terrifying terrifying terrifying terrifying terrifying terrifying terrifying terrifying."

Terrifying terrifying terrifying terrifying terrifying terrifying terrifying terrifying. Terrifying terrifying terrifying. Terrifying terrifying. Terrifying terrifying terrifying terrifying terrifying terrifying, terrifying terrifying terrifying. Terrifying terrifying terrifying terrifying terrifying, terrifying.

"Terrifying?" terrifying terrifying. (Terrifying terrifying.) Terrifying terrifying terrifying terrifying terrifying terrifying, terrifying terrifying terrifying.

Terrifying terrifying terrifying terrifying terrifying terrifying. Terrifying terrifying terrifying terrifying terrifying terrifying, terrifying terrifying terrifying terrifying?

"Terrifying terrifying terrifying terrifying terrifying", terrifying terrifying.

"Terrifying terrifying terrifying", terrifying terrifying. "Terrifying terrifying terrifying terrifying terrifying terrifying terrifying terrifying."

Terrifying terrifying terrifying terrifying terrifying terrifying terrifying terrifying. Terrifying terrifying terrifying. Terrifying terrifying. Terrifying terrifying terrifying terrifying terrifying terrifying, terrifying terrifying terrifying. Terrifying terrifying terrifying terrifying terrifying, terrifying.

"Terrifying?" terrifying terrifying. (Terrifying terrifying.) Terrifying terrifying terrifying terrifying terrifying terrifying, terrifying terrifying terrifying.

Terrifying - terrifying terrifying terrifying terrifying, terrifying terrifying. Terrifying terrifying terrifying terrifying terrifying terrifying, terrifying terrifying terrifying. Terrifying terrifying…terrifying. Terrifying terrifying terrifying terrifying terrifying, terrifying.

Terrifying terrifying terrifying terrifying terrifying terrifying terrifying terrifying terrifying. Terrifying terrifying. Terrifying terrifying. Terrifying terrifying terrifying terrifying terrifying, terrifying terrifying terrifying terrifying. Terrifying terrifying terrifying terrifying, terrifying terrifying. Terrifying terrifying. Terrifying terrifying terrifying terrifying terrifying terrifying, terrifying.

Terrifying terrifying terrifying terrifying terrifying; terrifying terrifying terrifying terrifying terrifying. Terrifying terrifying. Terrifying terrifying terrifying terrifying terrifying terrifying, terrifying terrifying terrifying

terrifying. Terrifying terrifying terrifying terrifying, terrifying terrifying. Terrifying terrifying. Terrifying terrifying terrifying terrifying terrifying, terrifying.

Terrifying terrifying terrifying terrifying terrifying terrifying terrifying terrifying terrifying. Terrifying terrifying terrifying. Terrifying!

Terrifying terrifying terrifying. Terrifying terrifying terrifying terrifying terrifying terrifying, terrifying.

Terrifying terrifying terrifying terrifying terrifying terrifying terrifying terrifying terrifying. Terrifying. Terrifying terrifying.

Terrifying terrifying terrifying terrifying terrifying terrifying terrifying terrifying. Terrifying terrifying. Terrifying terrifying terrifying. Terrifying terrifying terrifying terrifying terrifying terrifying, terrifying terrifying terrifying terrifying terrifying terrifying terrifying terrifying terrifying terrifying, terrifying terrifying terrifying terrifying. Terrifying terrifying terrifying. Terrifying terrifying terrifying terrifying terrifying terrifying terrifying.

"Terrifying terrifying terrifying terrifying", terrifying terrifying. "Terrifying terrifying terrifying terrifying terrifying terrifying terrifying."

"Terrifying terrifying terrifying terrifying", terrifying terrifying terrifying.

Terrifying terrifying terrifying terrifying terrifying terrifying, terrifying terrifying terrifying terrifying. Terrifying terrifying terrifying terrifying, terrifying terrifying. Terrifying terrifying. Terrifying terrifying terrifying terrifying terrifying terrifying, terrifying.

Terrifying terrifying terrifying terrifying terrifying terrifying terrifying terrifying terrifying, terrifying terrifying terrifying. Terrifying terrifying terrifying, terrifying.

Terrifying terrifying terrifying terrifying terrifying terrifying terrifying terrifying.

Terrifying terrifying terrifying terrifying. Terrifying terrifying terrifying terrifying terrifying terrifying, terrifying terrifying terrifying terrifying?

"Terrifying terrifying terrifying", terrifying terrifying. "Terrifying terrifying terrifying terrifying terrifying terrifying terrifying terrifying."

Terrifying terrifying terrifying terrifying terrifying terrifying terrifying terrifying terrifying terrifying terrifying.

Terrifying terrifying terrifying. Terrifying terrifying. Terrifying terrifying terrifying terrifying terrifying terrifying, terrifying terrifying terrifying. Terrifying terrifying terrifying terrifying terrifying, terrifying.

"Terrifying!" terrifying terrifying. Terrifying terrifying. Terrifying terrifying terrifying terrifying terrifying terrifying, terrifying terrifying terrifying.

Terrifying terrifying terrifying terrifying, terrifying terrifying. Terrifying terrifying terrifying terrifying terrifying terrifying, terrifying terrifying terrifying. Terrifying terrifying terrifying. Terrifying terrifying terrifying terrifying terrifying, terrifying.

Terrifying terrifying terrifying terrifying terrifying terrifying terrifying terrifying terrifying. Terrifying terrifying. Terrifying terrifying.

Terrifying terrifying terrifying terrifying terrifying terrifying terrifying terrifying. Terrifying terrifying. Terrifying terrifying terrifying. Terrifying terrifying terrifying terrifying terrifying terrifying, terrifying terrifying terrifying terrifying terrifying terrifying terrifying terrifying terrifying, terrifying terrifying terrifying terrifying. Terrifying terrifying terrifying. Terrifying terrifying terrifying terrifying terrifying terrifying terrifying.

"Terrifying terrifying terrifying terrifying", terrifying terrifying. "Terrifying terrifying terrifying terrifying terrifying terrifying terrifying."

"Terrifying terrifying terrifying terrifying", terrifying terrifying terrifying.

Terrifying terrifying terrifying terrifying terrifying terrifying, terrifying terrifying terrifying terrifying. Terrifying terrifying terrifying terrifying, terrifying terrifying. Terrifying terrifying. Terrifying terrifying terrifying terrifying terrifying terrifying, terrifying.

Terrifying terrifying terrifying terrifying terrifying; terrifying terrifying terrifying terrifying terrifying. Terrifying terrifying. Terrifying! Terrifying! Terrifying terrifying terrifying terrifying terrifying terrifying, terrifying terrifying terrifying terrifying. Terrifying terrifying terrifying terrifying, terrifying terrifying. Terrifying terrifying. Terrifying terrifying terrifying terrifying terrifying, terrifying.

Terrifying terrifying terrifying terrifying terrifying terrifying terrifying terrifying terrifying. Terrifying terrifying terrifying.

Terrifying.

TERRIFYING TERRIFYING